16	3	2	13
5	10	11	8
9	6	7	12
4	15	14	1

Heinrich Heine

VIAGEM AO HARZ

da obra *Reisebilder* (*Quadros de viagem*)

Tradução e notas de Mauricio Mendonça Cardozo
Texto em apêndice de Théophile Gautier
Posfácio de Sandra M. Stroparo

editora■34

EDITORA 34

Editora 34 Ltda.
Rua Hungria, 592 Jardim Europa CEP 01455-000
São Paulo - SP Brasil Tel/Fax (11) 3811-6777 www.editora34.com.br

Copyright © Editora 34 Ltda., 2013
Tradução © Mauricio Mendonça Cardozo, 2013

A FOTOCÓPIA DE QUALQUER FOLHA DESTE LIVRO É ILEGAL E CONFIGURA UMA
APROPRIAÇÃO INDEVIDA DOS DIREITOS INTELECTUAIS E PATRIMONIAIS DO AUTOR.

Título original:
Die Harzreise

Capa, projeto gráfico e editoração eletrônica:
Bracher & Malta Produção Gráfica

Revisão:
Cide Piquet

1ª Edição - 2013, 2ª Edição - 2021

CIP - Brasil. Catalogação-na-Fonte
(Sindicato Nacional dos Editores de Livros, RJ, Brasil)

H595v
Heine, Heinrich, 1797-1856
    Viagem ao Harz: da obra *Reisebilder* (*Quadros de viagem*) / Heinrich Heine; tradução e notas de Mauricio Mendonça Cardozo; texto em apêndice de Théophile Gautier; posfácio de Sandra M. Stroparo. — São Paulo: Editora 34, 2021 (2ª Edição).
144 p.

ISBN 978-85-7326-547-7

Tradução de: Die Harzreise

1. Literatura alemã. 2. Poesia alemã.
I. Cardozo, Mauricio Mendonça. II. Gautier, Théophile, 1811-1872. III. Stroparo, Sandra M. IV. Título.

CDD - 830

VIAGEM AO HARZ
da obra *Reisebilder* (*Quadros de viagem*)

Nota liminar, *Mauricio Mendonça Cardozo* 7
Prefácio à edição francesa, *Heinrich Heine* 13

VIAGEM AO HARZ 19

Henri Heine, *Théophile Gautier* 117
Posfácio, *Sandra M. Stroparo* 129
Sobre o autor 139
Sobre o tradutor 141

Nota liminar

A obra de Heinrich Heine (1797-1856) hoje conhecida como *Reisebilder* [Quadros de viagem] compreende uma grande variedade de gêneros de escrita, que vai dos relatos de viagem à prosa satírica, das cartas à paródia, da poesia à tradução. É, portanto, menos num determinado gênero do que nos acontecimentos candentes de sua época, costurados pela linha tênue da narrativa de suas viagens — antes um ponto de partida do que o objeto central de sua escrita —, que a obra encontra seu eixo mais poderoso de organização. Além de suas inúmeras traduções para as mais variadas línguas, os *Reisebilder* têm uma longa história de edições em língua alemã. Como já aponta Adolf Strodtmann (1829-1879) — poeta, escritor, tradutor e um dos primeiros grandes editores e estudiosos da obra de Heine —, a primeira publicação conjunta da obra se daria em quatro volumes, publicados entre 1826 e 1831. Daí por diante, a cada nova edição os volumes sofreriam inúmeros acréscimos, exclusões e revisões — alterações motivadas ora por pressões da censura, ora pela sanha incessante de Heine em reorganizar seus próprios escritos.

O conjunto de poemas que integrava originalmente a versão em prosa e verso dos *Quadros de viagem* é um caso exemplar desse movimento de reorganização. Os poemas publicados em seu primeiro volume, a *Harzreise* [Viagem ao Harz], passariam a figurar, simultaneamente, também como

um ciclo de poemas no *Buch der Lieder* [Livro das canções], livro de poemas organizado pelo autor e publicado em 1827. Já os poemas originalmente publicados no segundo volume dos *Quadros*, conhecido como *Die Nordsee* [O Mar do Norte], seriam excluídos definitivamente dessa obra para figurarem somente como um longo ciclo no *Buch der Lieder*.
As edições mais correntes dos *Reisebilder* costumam se organizar em três ou quatro volumes. A *Viagem ao Harz* constitui, tradicionalmente, volume único nas edições em quatro volumes; nas edições tripartites, esse primeiro quadro vem acompanhado ainda de dois outros, *Die Nordsee* [O Mar do Norte] e *Ideen. Das Buch* Le Grand [Ideias. O Livro *Le Grand*], conjunto de textos que também constitui volume próprio nas edições em quatro volumes. O terceiro volume nas edições quadripartidas — segundo, nas edições em três volumes — reúne os três quadros relacionados à Itália: *Die Reise von München nach Genua* [Viagem de Munique a Gênova], *Die Bäder von Lucca* [Os banhos de Lucca] e *Die Stadt Lucca* [A cidade de Lucca]. O último volume das edições em três e quatro volumes reúne, via de regra, os vários textos dos chamados *Fragmentos ingleses*. Outras edições ainda reintegram, em seu projeto editorial, alguns dos textos deixados de lado por Heine ao longo da história de edição dos *Quadros de viagem*, como é o caso, por exemplo, das *Briefe aus Berlin* [Cartas de Berlim].
Para um estudo mais aprofundado desse vasto material bibliográfico em suas tantas variações, convém a consulta à *Düsseldorfer Heine-Ausgabe* [Edição Crítica de Düsseldorf] — Manfred Windfuhr (org.), *Historisch-kritische Gesammtausgabe der Werke*, vol. VI, Hamburgo, Hoffmann und Campe, 1973, obra daqui em diante referida como HKG —, que reúne a grande maioria desses fragmentos, bem como um amplo e consistente aparato crítico, que serviu de base para a preparação das notas desta edição.

Esta edição brasileira dos *Reisebilder* apresenta a tradução integral (incluídos os poemas) da *Viagem ao Harz* — primeiro volume dos *Quadros de viagem*, escrito em 1824 e publicado, originalmente, dois anos depois —, precedida do prefácio preparado por Heine para a primeira tradução de sua obra, publicada em francês em 1834. O texto-base da *Harzreise* toma como referência o texto em alemão estabelecido na *Edição Crítica de Düsseldorf* (HKG, pp. 81-138), à qual remonta também o texto-base do referido prefácio (HKG, pp. 350-2). Entre as traduções que foram consultadas ao longo do processo de preparação desta edição, três merecem destaque. A tradução francesa: *Les montagnes du Harz* (HKG, pp. 233-80), publicada como primeiro volume dos *Reisebilder: Tableaux de voyage*, em sua primeira edição, de 1834, bem como em sua segunda edição, publicada em 1856, em versão revista pelo autor e precedida do clássico estudo crítico "Henri Heine", de Théophile Gautier (texto incluído aqui em apêndice). Por ter sido a primeira tradução de uma obra de Heine para outra língua e por ter contado com a participação do próprio autor, essa tradução francesa ocupa um lugar especial na história da recepção tanto dos *Quadros de viagem*, em particular, quanto da obra de Heine, em geral. No entanto, não há clareza sobre quem de fato tenha realizado a tradução, que, via de regra, é assumida pela crítica como sendo do próprio autor. Na edição de 1834, é mais provável que Heine tenha contado com o apoio de vários colaboradores — alguns dos quais já haviam publicado traduções de pequenos excertos dos *Reisebilder* em periódicos da época —, uma vez que seus conhecimentos da língua francesa ainda eram relativamente limitados, como se pode depreender da correspondência mantida com seu editor e com colegas alemães, com quem se lamentava reiteradamente sobre a dificuldade de encontrar um tradutor francês que fosse capaz de dar conta da tarefa (cf. HKG, pp. 684-97). Já na edição de 1856, na qualidade de quem havia residido em Paris por mais de duas décadas, Heine teria assumido mais autonomamente a revisão da tradução.

Além da tradução francesa, merecem ainda destaque: a tradução espanhola, *Viaje al Harz*, publicada em 1889 em tradução de Lorenzo Gonzales Agejas — essa primeira edição espanhola dos *Cuadros de viaje* conta com um longo estudo crítico de apresentação da vida e da obra de Heine e um prólogo à tradução, com um cuidadoso cotejo das diferentes edições dos *Reisebilder*, ambos preparados pelo próprio tradutor; e a primeira tradução inglesa, *The Journey to the Harz*, publicada originalmente em 1893 em tradução de Charles Godfrey Leland.[1]

Em seu famoso prefácio francês, Heine estabelece os termos segundo os quais propõe a inscrição de sua obra no contexto linguístico, cultural e político dessa língua, chamando a atenção para algumas das diferenças que, à sua época, tensionam as relações entre o universo francês e o alemão. Essas diferenças convivem já em sua proposta híbrida de título, *Reisebilder: Tableaux de voyage*, de que nos valemos, aqui, para a proposta do subtítulo desta edição brasileira da *Viagem ao Harz — Reisebilder* (*Quadros de viagem*).

Quanto ao projeto de tradução que Heine delineia em seu prefácio, a presente tradução mantém uma relação dupla. Em seu texto, de que o leitor poderá desfrutar logo na sequên-

---

[1] Como bem lembram Susana Kampff Lages e Gabriel Guimarães, em sua resenha da primeira edição desta tradução, a *Viagem ao Harz* já havia sido publicada parcialmente no Brasil em duas ocasiões: em coletânea organizada por Sérgio Milliet em 1959 (apenas o excerto da chegada de Heine ao Brocken) e em obra organizada por Otto Maria Carpeaux em 1967 (edição sem os poemas). O tradutor infelizmente não teve acesso a esses textos durante o trabalho nesta tradução, mas agradece aos colegas pela contribuição.

cia desta "Nota liminar", Heine afirma: "O estilo, o encadeamento das ideias, as transições, os saltos abruptos, as estranhezas de expressão, enfim, todo o caráter do original alemão foi, tanto quanto possível, reproduzido palavra por palavra nesta tradução francesa dos *Reisebilder*". A presente tradução também coloca essas questões em foco na medida em que se preocupa em produzir, em português, um texto que é resultado da atenção à singularidade — estilística e argumentativa — com que Heine constrói seus *Quadros*.

No entanto, Heine também diz, a respeito da tradução francesa: "O gosto, a elegância, o encanto, a graça, tudo isso foi sacrificado impiedosamente em favor da fidelidade à letra". Se, a partir da soma dos critérios elencados, entende-se que Heine refere-se aos efeitos de seu texto em alemão, produzidos pela excelência de sua performance em diferentes registros de escrita, numa paleta que varia do protocolar ao apoteótico, do lírico ao épico, do bizarro ao maravilhoso, do sardônico ao panfletário; então, a tradução que aqui se apresenta orienta-se por estratégia diferente da que é mencionada pelo poeta e escritor alemão. Se, quanto à tradução francesa, Heine diz abrir mão desses efeitos, esta tradução para o português se vale dessa variedade de cores e tons para marcar certo contraste, certa tensão discursiva, que entendemos não só como constitutiva da escrita de Heine, mas também como um de seus traços mais marcantes.

Esta tradução contou ainda com o cuidado da leitura de Sandra Stroparo e de Guilherme Flores e com os comentários preciosos de Cide Piquet e de Simone Petry, a quem sou especialmente grato.

Mauricio Mendonça Cardozo

As notas de rodapé dos textos de Heine são de autoria do tradutor, Mauricio Mendonça Cardozo.

Prefácio à edição francesa[1]

Como traduzir um escritor alemão para o francês? Eis uma questão que será sempre difícil de resolver. Será que devemos podar aqui e ali suas ideias e imagens caso não condigam com o gosto cultivado dos franceses, parecendo-lhes desagradavelmente exageradas, quiçá ridículas? Ou será que devemos introduzir no *beau monde parisien* o alemão *sauvage* com toda sua originalidade d'além-Reno, fantasticamente colorida de germanismos e sobrecarregada de adornos ultrarromânticos?[2] De minha parte, não acredito que devamos

---

[1] Para a tradução deste prefácio de Heine, que apresentava originalmente a primeira tradução francesa dos quatro volumes dos *Reisebilder*, publicada em 1834, tomamos por base o texto em francês estabelecido na chamada *Edição Crítica de Düsseldorf* (HKG, pp. 350-52). A essa versão francesa do prefácio remonta um esboço redigido por Heine em alemão (HKG, pp. 347-9). Comparada a esse esboço, a versão definitiva em francês aponta várias revisões e alguns acréscimos de caráter explicativo — registrados, nesta edição brasileira, em nota de rodapé —, provável indício de que a tradução para o francês tenha contado com a participação de Heine. Nesta tradução para o português, nuances do esboço alemão de Heine, que, na tradução para o francês, tenham sido suprimidas para evitar redundâncias no texto em língua francesa, foram incorporadas como variações do texto em alemão.

[2] Variação do texto em alemão: "[...] o *selvagem* alemão em toda a sua originalidade, fantasticamente colorida com jogos de palavras e car-

traduzir esse selvagem alemão em um francês amansado.³ Eu mesmo me apresento aqui neste meu barbarismo nativo, à semelhança dos Charruas que vocês acolheram tão bem no verão passado. Também sou um guerreiro, tal qual o grande Tacuabé.⁴ Hoje ele está morto, mas seus restos mortais jazem no *Jardin des Plantes*, preciosamente conservados no museu zoológico desse Panteão do reino animal.⁵ Este livro é um teatro de exibição. Entrem, entrem, não tenham medo! Não sou tão mau quanto pareço. Se pintei meu rosto com cores tão ferinas não foi senão para assustar ainda mais meus inimigos em meio à batalha. No fundo, sou dócil como um cordeiro. Pois então se acalmem e me deem a mão! Se quiserem, deixo vocês tocarem minhas armas e até mesmo minha aljava cheia de flechas, pois ceguei todas as suas pontas, como é de costume entre nós, selvagens, sempre que nos aproximamos de um lugar sagrado. Cá entre nós, minhas setas não eram apenas picantes, mas muito venenosas. Agora, porém, são inócuas, absolutamente inofensivas.

---

regada de pesados adornos poéticos [...]" (HKG, p. 348, grifo meu: vide nota 3).

³ Variação do texto alemão: "[...] acredito que não se deva traduzir os *selvagens* alemães por *franceses* amansados" (HKG, p. 348, grifo meu). É digno de nota o fato de que, diferentemente do modo como se refere aos *franceses*, ao referir-se aos alemães Heine nominaliza o termo "selvagem", usando o termo "alemão" apenas em sua forma adjetiva.

⁴ Nessa passagem, Heine alude aos quatro índios Charruas que, em 1833, foram levados do Uruguai para Paris, onde foram expostos ao público em jaulas de ferro — nessas condições, três deles não sobreviveriam por nem mesmo um ano. Segundo nota da edição crítica (HKG, p. 867), Heine deve referir-se aqui ao xamã Senaqué, morto em julho de 1833, uma vez que o jovem guerreiro Tacuabé teria escapado do cativeiro com sua filha recém-nascida, não se tendo dele mais notícia.

⁵ Heine deve referir-se aqui ao *Muséum National d'Histoire Naturelle*, em Paris, onde os restos mortais dos Charruas permaneceram até 1998, quando foram repatriados para o Uruguai.

Vocês podem se regalar com o colorido das plumas e seus filhos podem até mesmo usá-las como brinquedo. Mas já chega dessa linguagem tatuada, quero expressar-me civilizadamente em francês.

O estilo, o encadeamento das ideias, as transições, os saltos abruptos, as estranhezas de expressão, enfim, todo o caráter do original alemão foi, tanto quanto possível, reproduzido palavra por palavra nesta tradução francesa dos *Reisebilder*. O gosto, a elegância, o encanto, a graça, tudo isso foi sacrificado impiedosamente em favor da fidelidade à letra. Trata-se agora de um livro alemão em língua francesa, um livro que não tem a pretensão de agradar ao público francês, mas, sim, de fazer com que esse público tome conhecimento de uma originalidade estrangeira. Enfim: quero instruir, não quero divertir. É dessa maneira que nós, os alemães, temos traduzido os escritores estrangeiros.[6] E tiramos proveito disso: ganhamos novos pontos de vista, novas formas vocabulares e novas expressões idiomáticas. Ganhos como estes não fariam mal algum a vocês.

Antes de mais nada, é preciso dizer que, a despeito de meu intuito de fazer com que vocês tomem contato com o caráter deste livro exótico,[7] pouco me importei em oferecer-lhes todo seu conteúdo: em parte, porque algumas passagens aludem a questões locais ou de época, baseando-se em trocadilhos e outras especificidades do gênero, que não podiam ser reproduzidas em francês; e, em parte, também, porque algu-

---

[6] Provável alusão a nomes do Romantismo alemão, tais como August Wilhelm von Schlegel, Ludwig Tieck e Johann Heinrich Voss, cuja produção literária, como tradutores, Heine comenta em outras passagens de sua obra crítica.

[7] O prefácio em francês registra a formulação *livre exotique* (livro exótico); o texto-base, em alemão, registra *ausländisches Buch* (livro estrangeiro).

mas outras passagens, de tom mais hostil, dirigidas a pessoas e circunstâncias muito específicas, poderiam dar lugar aos mais desagradáveis mal-entendidos quando repetidas em francês. [Por essa razão,[8] suprimi uma longa passagem em que havia uma descrição da Ilha de Norderney e da nobreza alemã. A parte sobre a Inglaterra foi abreviada em mais da metade de sua extensão — tudo ali se referia a questões políticas d'outrora. Na parte sobre a Itália, escrita em 1828, as mesmas razões fizeram-me renunciar a alguns capítulos. Verdade seja dita, eu teria me obrigado a sacrificar essa parte inteira caso me deixasse cercear, também no que tange à Igreja Católica, por essas mesmas considerações. E não pude deixar de excluir ainda uma passagem demasiadamente azeda, marcada por aquele fervor protestante e fastidioso, que não seria de bom tom num país tão jovial como a França.[9] Na Alemanha, tal fervor não se mostrou de todo um despropósito, já que, na qualidade de protestante, pude assim desferir nos obscurantistas e hipócritas em geral, nos fariseus e saduceus alemães golpes mais certeiros do que se eu tivesse falado como filósofo.] No entanto, para que os leitores que queiram comparar original e tradução não possam acusar-me de concessões inoportunas, quero, aqui, explicar-me claramente a respeito de tais cortes.

Com exceção de algumas poucas páginas, este livro foi escrito antes da Revolução de 1830.[10] Naquela época, a

---

[8] A passagem que se inicia neste período, marcada por colchetes, não consta do texto-base em alemão.

[9] Provável referência à exclusão de uma passagem polêmica sobre o chamado "caso Platen", envolvendo Heine e o poeta alemão August von Platen-Halermünde (1796-1835). Essa passagem integrava originalmente o capítulo intitulado "Os banhos de Lucca", segundo capítulo do conjunto de textos que formam as *Viagens pela Itália*.

[10] Com a queda do rei Carlos X e a coroação de Luís Felipe de Or-

opressão política na Alemanha havia gerado uma condição de mutismo generalizado, mergulhando os espíritos numa letargia do desespero. O homem que ainda assim ousasse fazer uso da palavra, tinha de fazê-lo com paixão: e quanto mais a padralhada e a aristocracia agissem contra ele e ele se desanimasse diante da expectativa de vitória da liberdade, mais apaixonadamente tinha de fazê-lo. Faço uso aqui das expressões *padralhada* e *aristocracia* apenas por uma questão de hábito, já que me servia sempre dessas expressões naquela época em que eu, sozinho, sustentava a referida polêmica contra os campeões do passado. Estas eram, então, expressões muito correntes e confesso que, naquele tempo, eu ainda vivia intensamente a terminologia de 1789 e dava-me ao grande luxo de fazer minhas tiradas contra o clero e a nobreza ou, como eu mesmo os chamava, contra a padralhada e a aristocracia. Mas acontece que fui muito mais longe que isso no caminho do progresso. Já aqueles meus bons compatriotas alemães — que, despertados pelos canhões de julho, seguiram meus passos e passaram a falar a língua de 1789, ou mesmo a de 1793 — distanciaram-se tanto de mim que me perderam completamente de vista e ainda creem ter me deixado para trás. Sou acusado de moderantismo,[11] de envolvimento com a aristocracia, e já vejo despontar o dia em que me denunciarão também por cumplicidade com a padralhada. A verdade é que, hoje em dia, a palavra aristocracia, para mim, não engloba mais apenas os nobres de nascença, mas todos aqueles que, independentemente de como se denominam, vivem às custas do povo. A bela fórmula *l'exploitation de l'homme*

---

leans, o Rei Burguês, a chamada "Revolução de Julho" (*Révolution de Juillet*), também conhecida por "Revolução de 1830", levaria a família real dos Bourbons ao colapso definitivo.

[11] O texto em alemão registra "[...] das formas mais odiosas de moderantismo [...]" (HKG, p. 349).

par l'homme[12] — que, assim como outras tantas coisas acertadas, também devemos aos sansimonistas —, leva-nos mais longe do que qualquer declamação sobre os privilégios de nascença. O nosso velho grito de guerra contra o sacerdócio[13] também foi substituído por uma divisa melhor. Já não se trata mais de destruir violentamente a velha igreja, mas de edificar uma nova; hoje, bem longe de querer aniquilar a padralhada, nós mesmos é que nos queremos fazer sacerdotes.

Para a Alemanha, sem dúvida, o período de negações ainda não acabou; aliás, nem bem começou. Na França, ao contrário, tal período já parece alcançar seu ocaso; ou, ao menos, quero crer que se deixa levar muito mais por tendências positivas, reedificando tudo aquilo de bom e de belo que o passado nos legou.

Por uma espécie de superstição literária, mantive o título de meu livro em alemão. Com o nome de *Reisebilder* ele ganhou o mundo (muito mais do que o próprio autor), e eu quis que ele conservasse esse nome bem-sucedido na edição francesa.

Henri Heine
Paris, 20 de maio de 1834

---

[12] "A exploração do homem pelo homem", *slogan* comum entre os sansimonistas de Paris (HKG, p. 865), grupo inspirado nas ideias do reformador social francês Claude Henri de Rouvroy, o conde de Saint-Simon (1760-1825).

[13] O texto em alemão explicita o grito de guerra voltairiano — "*écrasez l'infame!*" — contra toda forma de dominação eclesiástica que perpetua o estado de embrutecimento do povo para, assim, melhor poder explorá-lo (HKG, p. 865).

Viagem ao Harz

"Nada é tão duradouro quanto a mudança; nada é tão constante quanto a morte. Cada batida do coração nos abre uma ferida; e não fosse a poesia, a vida seria um eterno sangrar. É a poesia que nos concede o que a natureza só nos sabe negar: aqueles anos dourados que o tempo não azinhavra, uma primavera que não cessa de florescer, um destino desanuviado e a juventude eterna."

Börne[14]

---

[14] Citação a partir do discurso de 2 de dezembro de 1825, proferido por Ludwig Börne em memória do então recém-falecido escritor romântico alemão Jean Paul (1763-1825).

[Prólogo]¹⁵

Trajes pretos, seda fina,
Punhos brancos, que *finesse*!
Mil lisonjas, mesurices —
Ah, se coração tivessem!

Coração e um amor no peito
Que pulsasse sempre ardente —
Ai, me mata o ramerrame
Dum amor que a dor só mente.

Quero subir as montanhas,
Onde há choças benfazejas,
Onde o peito se escancara,
Onde o vento livre adeja.

---

¹⁵ *Prolog*. Os cinco poemas que integram originalmente a *Viagem ao Harz* foram republicados em 1827 no *Livro das canções* [*Buch der Lieder*] de Heine, conformando o quarto dos cinco ciclos que compõem esse livro. A partir desse novo contexto, os poemas traçariam um percurso de recepção mais autônomo e independente de sua relação com o texto em prosa do primeiro volume dos *Quadros de viagem*. Por essa razão, resolvemos anotar aqui, entre colchetes, os títulos atribuídos a esses poemas no *Livro das canções*.

Quero subir as montanhas,
Onde o pinho umbroso alteia,
Rios murmuram, aves cantam,
Nuvens anchas revolteiam.

Passem bem, salões garbosos,
Homens, damas de altas rodas!
Quero subir as montanhas,
Rindo muito de suas modas.

A cidade de Göttingen, que deve sua fama às salsichas e à universidade, pertence ao rei de Hanover e possui novecentas e noventa e nove lareiras, diversas igrejas, uma maternidade, um observatório astronômico, uma prisão, uma biblioteca e, junto à prefeitura, uma taberna onde a cerveja é muito boa. O riacho que passa pela cidade chama-se Leine e, no verão, costuma servir de local para banho. Suas águas são muito frias e em alguns pontos é tão largo, que o meu amigo Lüder[16] deve mesmo ter tomado um impulso enorme no dia em que as atravessou num só salto. A cidade, em si, é bonita, mas é ainda mais agradável quando a olhamos por cima do ombro. Deve existir há muito tempo, pois me lembro que, há cinco anos, quando me matriculei na universidade — tendo sido relegado logo em seguida[17] —, a cidade já possuía esse mesmo aspecto cinzento, precocemente envelhecido, e já era bem provida de guardas noturnos, bedéis, teses, *thés dan-*

---

[16] Referência a Wilhelm Lüder (1804-1872), estudante contemporâneo de Heine em Göttingen, famoso por sua força física. Em Göttingen, na época, o nome *Lüder* era também atribuído tipicamente a cães de grande porte.

[17] Heine foi suspenso por um semestre por envolver-se num caso de duelo.

sants, lavadeiras, compêndios, pombos assados, ordens hanoverianas de Guelfos, carruagens doutorais, cabeças de cachimbo, conselheiros da corte, conselheiros de justiça, conselheiros de legação — e de relegação —, catedráticos e outros erráticos mais.

Há quem diga até mesmo que a cidade tenha sido fundada no período das grandes migrações europeias. Cada tribo germânica teria deixado na região um exemplar desabrochado de um de seus membros, donde então teriam descendido todos os vândalos, frísios, suevos, teutos, saxões, turíngios, etc. Ainda hoje esses descendentes vagariam em hordas por ruas de Göttingen, como a rua Weende,[18] distinguindo-se pelas cores dos gorros e pelos paramentos dos cachimbos e digladiando-se incessantemente nos arredores da cidade, em sangrentos campos de batalha como os de Rasenmühle e de Ritschenkrug, ou no vilarejo vizinho de Bovenden.[19] Ainda vivem, portanto, segundo os hábitos e costumes do período das migrações, regidos em parte pelos seus *duces*, a quem chamam de galos-chefes, em parte pelo seu código medievo de conduta, a que chamam de *Comment* e que, diga-se de passagem, mereceria um lugar de destaque nas *leges barbarorum*.

Os habitantes de Göttingen são subdivididos, genericamente, em estudantes, professores, filisteus e gado; quatro classes separadas de maneira no mínimo muito rigorosa. A classe do gado é a mais importante. Seria longo demais enumerar aqui os nomes de todos os estudantes e de todos os professores, tanto dos extraordinários quanto dos mais ordinários. Mesmo porque não tenho agora de memória os nomes dos estudantes todos e, dentre os professores, há quem não tenha nem sequer um nome. Já o número de filisteus em

---

[18] *Weender-Strasse*.

[19] *Bovden*, segundo a grafia de época da edição alemã.

Göttingen deve ser enorme; são como areia ou, melhor dizendo, como o lodo à beira do mar. Na verdade, sempre que eu os via, logo de manhã, postados diante dos portões do Conselho Acadêmico com suas caras sujas e seus atestados impecáveis, mal podia compreender como Deus fora capaz de criar tal caterva de beócios.

Mais detalhes sobre a cidade podem ser facilmente encontrados na *Topografia* de Göttingen, escrita por K. F. H. Marx.[20] Embora eu deva todo respeito a esse autor, que era também meu médico e me dava poucos remédios — pois me queria muito bem —, não posso recomendar incondicionalmente a leitura de sua obra. Antes, tenho de repreendê-lo pelo fato de ele não ter contestado de modo suficientemente rigoroso a ideia errônea de que as senhoras de Göttingen teriam pés muito grandes. Há anos venho me ocupando seriamente da contestação dessa ideia. Para tanto, frequentei aulas de anatomia comparada, compilei notas a partir das obras mais raras da biblioteca e investiguei por longas horas os pés das senhoras que passavam pela rua Weende. Os resultados desse estudo serão apresentados num trabalho acadêmico de grande erudição, em que tratarei: no primeiro capítulo, dos pés em geral; no segundo capítulo, dos pés entre os antigos; no terceiro capítulo, dos pés dos elefantes; no quarto capítulo, dos pés das senhoras de Göttingen; no quinto capítulo, farei uma coletânea de tudo o que já se disse sobre esses pés às mesas do *Ulrichs Garten*; no sexto capítulo, tecerei considerações sobre as relações entre esses pés, aproveitando a ocasião para estender a discussão às panturrilhas, aos joelhos, etc.; e, por fim, no sétimo capítulo, se puder dispor de papel

---

[20] Trata-se da obra *Göttingen sob a perspectiva medicinal, física e histórica* [*Göttingen in medicinischer, physischer und historischer Hinsicht geschildert*], do médico Karl Friedrich Heinrich Marx (1796-1877), publicada em 1824.

em formato tão agigantado, anexarei ainda à tese uma série de gravuras com o fac-símile dos pés das senhoras mais distintas da cidade.

Era muito cedo quando deixei Göttingen, e o erudito senhor Eichhorn[21] certamente ainda devia estar na cama. É provável que sonhasse, como de costume, que passeava num belo jardim, em cujos canteiros cresciam papeletes brancos, cobertos com as mais diversas citações e docemente iluminados pela luz do sol. Ele os colhia aos montes, um ali outro acolá, replantando-os laboriosamente num novo canteiro, enquanto os rouxinóis, com o mais doce de seus cantos, inundavam de júbilo seu vetusto coração.

Diante dos Portões de Weende cruzei com dois garotos nativos, em idade escolar, justo no momento em que um dizia para o outro: "Eu não quero mais andar com esse Theodor, ele é um mandrião. Ontem mesmo ele nem sabia dizer qual era a forma genitiva da palavra *mensa*!". Por mais insignificantes que soem essas palavras, preciso reportá-las aqui; de minha parte, mandaria logo inscrevê-las nos portões como emblema da cidade. Pois os jovens piam como os velhos cacarejam, e essas palavras designam bem o orgulho estéril e estreito da alta erudição da *Georgia Augusta*.[22]

A brisa fresca da manhã soprava pela estrada e os pássaros cantavam alegremente; *peu à peu*, começava a contagiar-me com tal frescor e alegria. Eu precisava mesmo desse refresco. Havia passado os últimos tempos enfurnado na Fa-

---

[21] A edição alemã omite o nome; a versão francesa menciona "*le savant Eichhorn*", referência a Johann Gottfried Eichhorn (1752-1827), professor de línguas orientais na Universidade de Göttingen.

[22] Trata-se aqui da Universidade de Göttingen (1734), chamada também de *Georgia Augusta* a partir de seu nome oficial, *Georg-August-Universität Göttingen*, homenagem a seu fundador George II (1683-1760), príncipe de Hanover e rei da Grã-Bretanha e da Irlanda.

culdade de Direito, sem pôr o pé para fora daquele curral das Pandectas. Era como se os casuístas romanos tivessem revestido meu espírito com uma teia pardacenta; meu coração se espremia entre os parágrafos de ferro dos sistemas egoístas da Jurisprudência. Ainda ecoavam em meus ouvidos coisas como "Triboniano, Justiniano, Hermogeniano... Tantansoniano". Ao ver um casal de namorados sob uma árvore, logo os tomava por uma edição de mãos dadas do *Corpus Iuris Civilis*.[23]
A estrada começava a ganhar vida. As jovens leiteiras passavam por mim, bem como os burriqueiros com seus educandos pardos. Logo adiante, depois de passar por Weende, encontrei Schäfer e Doris.[24] Não se trata aqui do idílico casal de namorados cantado em verso por Gessner. Schäfer e Doris têm um cargo de prestígio na Universidade: são bedéis e têm de ficar sempre muito atentos, evitando que estudantes sigam para seus duelos em Bovenden e impedindo que alguma ideia nova — como as que, durante décadas, costumam ficar de quarentena às portas de Göttingen — seja contrabandeada pelo afã especulativo de algum jovem professor. Schäfer saudou-me muito cordialmente, como a um colega, posto que também é escritor e já vinha mencionando com frequência a minha pessoa em seus escritos semestrais, assim como costumava citar-me em outras ocasiões; e ainda que não me encontrasse em casa, tinha sempre a generosidade de deixar a citação escrita a giz na porta de meu quarto. Volta e meia passava por mim um cabriolé carregado de estudantes que partiam de férias ou para sempre. É comum esse ir e vir cons-

---

[23] Alusão ao símbolo da casa editorial — *Wechselsche Druckerei* — que, na época, publicava uma edição muito difundida da obra jurídica citada, também chamada de Digesto ou Pandectas.

[24] Referência a P. H. Schäfer e C. C. Dohrs. O primeiro era também o responsável pela edição semestral do Catálogo Pessoal da Universidade.

tante numa cidade como esta. A cada três anos surge uma nova geração de estudantes, formando uma corrente humana em fluxo eterno, em que cada onda semestral força a outra adiante. Só os velhos professores continuam parados diante desse movimento geral, inabalavelmente estáticos, como as pirâmides do Egito — guardada aqui a diferença de que nas pirâmides universitárias não se esconde nenhuma sabedoria. Logo adiante de Bovenden, na localidade de Rauschenwasser, vi surgirem do meio das folhas de murta dois jovens cavaleiros muito confiantes. Uma figura de mulher, que exercera ali seu ofício horizontal e os acompanhava agora até a estrada — enquanto um dos cavaleiros passeava as ledices do chicote pela espontaneidade avantajada da parte posterior de seu corpo —, deu alguns tapas com suas mãos traquejadas nas ancas magras dos cavalos, abriu uma gargalhada e tomou seu caminho de volta na direção de Bovenden. Seguindo no sentido contrário, na direção do vilarejo de Nörten, os dois cavaleiros dispararam aos altos brados, cantando gaudiosamente a balada rossinesca: "Beba cerveja, beba, beba, Bete!".[25]

Por algum tempo ainda ouvi ao longe aquela melodia. Os cantores fagueiros, no entanto, estes eu perdi de vista logo em seguida, pois fustigavam terrivelmente seus cavalos, acelerando seu passo no açoite — animais que, no fundo, pareciam carregar o peso de um caráter germanicamente fleumático. Acontece que em nenhuma outra parte do mundo os cavalos são maltratados de maneira tão atroz como em Göttingen. Era comum observar como pangarés capengas, gotejando de suor, puxavam carroças cheias de estudantes apenas

---

[25] "*Trink Bier, liebe, liebe Liese!*" [literalmente: Beba cerveja, querida, querida Liese!] — alusão à canção folclórica *Wenn der Pott aber nu en Loch hat* [E se o balde tiver um furo], cuja autoria é associada aqui jocosamente ao compositor italiano Gioachino Rossini (1792-1868).

para garantir seu bocado de aveia — e ainda eram açoitados deliberadamente por nossos cavaleiros de Rauschenwasser.

Nessas horas, pensava comigo: "Oh, pobre animal, por certo que, no paraíso, seus avós comeram da alfafa proibida!".

Na taverna em Nörten encontrei de novo os dois jovens. Um deles devorava uma salada de arenque, enquanto o outro conversava com a criada de pele levemente atrigueirada, chamada *Fusia Canina*[26] e também conhecida por Chupim. O rapaz disse-lhe alguns gracejos com decência, até que, por fim, vieram às mãos. Para aliviar o peso durante a minha viagem, tirei da mochila as calças azuis que eu trazia — muito bizarras, se consideradas de um ponto de vista histórico — e presenteei com elas o rapaz que trabalhava ali, chamado Colibri. Nesse meio-tempo, Bussênia, a dona da taverna, trouxe-me um pão com manteiga e queixou-se de eu a visitar tão raramente; afinal, ela me adora.

O sol erguia-se alto e fúlgido no céu por detrás do vilarejo de Nörten. O astro tinha para comigo as mais sinceras intenções e aquecia minha cabeça, fazendo com que todos os meus pensamentos imaturos atingissem logo a plena maturação. Mas o amável sol da taverna de Northeim[27] também não era de se desprezar. Parei ali por um momento e já encontrei o almoço pronto. Todos os pratos eram muito saborosos, agradando mais ao meu paladar do que a desenxabida cozinha acadêmica, com seus peixes grandes, secos e insossos, e o repolho passado, que era o que se me oferecia em Göttingen.

Depois de aquietar um pouco meu estômago, percebi que, no salão da taverna, um cavalheiro, acompanhado de

---

[26] Referência à *Lex Fusia Caninia*, lei romana, datada do século 8 d.C, que regulamentava e limitava a alforria dos escravos.

[27] *Nordheim*, segundo a grafia de época da edição alemã.

duas senhoras, preparava-se para seguir viagem. O homem estava todo vestido de verde. Até os seus óculos eram verdes e, assentados sobre o nariz de um vermelho cúpreo, davam a impressão de estarem cobertos por uma camada de azinhavre. Tinha a aparência do rei Nabucodonosor em seus últimos anos de vida, quando este, segundo reza a lenda, não comia senão salada, tal qual um animal da floresta. O homem verde desejava que eu lhe recomendasse um hotel em Göttingen e eu o aconselhei a perguntar, ao primeiro estudante que cruzasse seu caminho, pelo *Hotel de Brühbach*. Uma das damas que o acompanhavam era a senhora sua esposa, uma mulher farta e corpulenta, com um rosto rubicundo de quilômetro e meio quadrado de extensão e covinhas na bochecha que mais pareciam cuspideiras para os deuses do amor. De seu queixo despencava uma papada carnuda, qual uma continuação imperfeita dos traços de seu rosto. Seus seios volumosos e transbordantes eram cercados por construções rígidas de renda e festonados por um cortinado pontiagudo de golas, lembrando bastiões e pequeninas torres de uma fortaleza inabalável. A outra dama, a senhora sua irmã, fazia uma figura diametralmente oposta à da mulher acima descrita. Se aquela descendia das vacas gordas do faraó, esta era descendente das magras. Seu rosto, nada mais que uma boca entre orelhas; seu busto, inconsolavelmente ermo e desolado, tal qual as charnecas de Lüneburg.[28] Essa figura toda prostrada semelhava mais um almoço de caridade servido aos pobres estudantes de teologia. Ambas as senhoras perguntaram-me,

---

[28] Trata-se aqui da região conhecida por *Lüneburger Heide*, cujo solo é predominantemente arenoso e pouco fértil — resultado da ação de desflorestamento dessa área, cujo início remonta à Idade Média —, com vegetação baixa, charnecas e formações pantanosa, situada no espaço geográfico delimitado pelas cidades de Bremen, Hamburgo e Hanover, na parte nordeste do estado da Baixa Saxônia (*Niedersachsen*).

no mesmo instante, se nesse *Hotel de Brühbach* hospedavam-se pessoas dignas de respeito. Com a consciência tranquila, afirmei que sim. E quando aquela folhinha de trevo tão amável partiu, ainda acenei-lhe um adeus pela janela. O dono da taverna do sol abriu um sorriso malicioso; ele devia saber que, em Göttingen, *Hotel de Brühbach* era o nome que os estudantes davam à prisão.

Depois de passar por Northeim o terreno torna-se mais acidentado e, aos poucos, vão surgindo belas colinas. No caminho, cruzei com vários mercadores, que seguiam para a feira de Braunschweig, e com um bando de senhorinhas, cada qual carregando nas costas uma gaiola enorme, quase da altura de uma casa, e coberta com uma tela de linho branco. Nas gaiolas, o mulherame levava aves canoras de toda espécie, que trilavam e pipiavam, enquanto suas carregadoras tagarelavam e saltitavam adiante. Pareceu-me um desatino ver uma ave levando a outra para ser vendida na feira.

A noite já cobria tudo com seu breu quando cheguei ao vilarejo de Osterode. Como me faltasse o apetite, fui logo me deitar. Estava cansado como um cão e dormi como um deus. Em sonho, tomei o caminho de volta para Göttingen e me vi novamente na biblioteca da faculdade. Encontrava-me num canto qualquer do Salão da Jurisprudência, revolvendo antigas teses de doutorado e mergulhando fundo na leitura. Quando percebi, admirei-me com o fato de já ser tarde da noite e notei como os lustres de cristal que pendiam do teto iluminavam toda a sala. Quando o sino da igreja mais próxima bateu meia-noite, a porta da sala começou a abrir-se lentamente e uma mulher monumental e majestosa entrou sala adentro, cerimoniosamente acompanhada por membros e agregados da Faculdade de Direito. Aquela mulher colossal, apesar da idade avançada, trazia ainda no semblante os traços de uma beleza grave, revelando, a cada olhar, a soberba e poderosa titânide Têmis. Numa das mãos, levava despreocupadamente a espada e a balança; na outra, um rolo de pergaminho. Dois jovens *doctores iuris* carregavam a cauda de sua veste livorosa. À sua direita, acompanhava-a a figura macilenta do conselheiro *Rusticus*,[29] o próprio Licurgo de Hanover, que saltava lépido de um lado para o outro e declamava passagens de seus novos projetos de lei. À sua esquerda, *Cujacius*,[30] seu *cavaliere servente*[31] e, secretamente, seu conselheiro de justiça, claudicava galante e bem-humorado, contando uma anedota jurídica atrás da outra e rindo de si mesmo de maneira tão cordial, que até mesmo a deusa circunspecta curvava-se diante dele, abrindo-lhe um sorriso discreto, batendo nos seus ombros com o grande rolo de pergaminho e sussurrando gentilmente: "Sujeitinho malvado, que satiriza tão bem e tão mal arrazoa!".[32] Aos poucos aproximaram-se também outros cavalheiros que tinham alguma consideração a fazer ou algo do que rir, trazendo consigo um sistemúnculo, uma hipotesinha recém-ruminada ou alguma ideia natimorta parida de suas cabecinhas. Pela porta do salão entravam agora alguns senhores estranhos, que se anunciavam como os outros grandes homens daquela congregação ilustre; na maioria dos casos, porém, eram colegas obtusos e insidiosos que, com grande satisfação, punham-se logo a de-

---

[29] Trata-se aqui de uma alusão à figura de Anton Bauer, professor de Direito Penal na Universidade de Göttingen, que teria participado da elaboração do Código Penal de Hanover.

[30] Heine chamava o seu professor Gustav Hugo de *Cujacius*, fazendo referência a Jacques de Cujas (1520-1590), famoso jurista francês do século XVI.

[31] Termo usado na Itália do século XVIII para designar o "amante".

[32] Na edição alemã, alude-se a uma frase do professor Gustav Hugo — "Seu pequeno e intrépido velhaco, que poda as árvores de cima para baixo!" —, que diria respeito à discussão de uma passagem polêmica do *Corpus Iuris*.

finir, distinguir e discutir cada titulinho das Pandectas. E as figuras continuavam a entrar no salão: velhos jurisconsultos em seus trajes antiquados e suas perucas brancas e alongadas, rostos desde há muito esquecidos. Eles, que eram os juristas mais famosos no curso de todos os séculos, admiravam-se de não receber uma atenção especial. Mas, a seu modo, também participavam do estardalhaço, do estrugido, do estrupício generalizado que, qual mar bravio, avolumava-se e tornava-se ainda mais caótico, aturdindo a soberba deusa até o momento em que ela perdeu a paciência e, no tom pungente do mais intenso desespero, rompeu de repente: "Calai! Calai! Ouço a voz do dileto Prometeu. A força escarnecedora e o poder inaudito acorrentam o inocente na rocha do suplício, e nem todo esse vosso esparrame e desavença há de arrefecer a dor de suas feridas ou romper seus grilhões!". Rios de lágrimas despenharam-se então dos olhos da deusa. Toda a assembleia chorava de amargor, como se agonizasse diante da morte. Naquele instante, o teto do salão cedeu, produzindo um imenso estrondo. Os livros tombaram das estantes e até o próprio Münchhausen[33] tentou em vão sair de sua moldura para restabelecer a ordem. A algazarra e o tumulto tomavam proporções cada vez mais incontroláveis. Para escapar ao escarcéu daquele manicômio, busquei refúgio no Salão da História e fui parar no bendito lugar em que se encontravam, lado a lado, as imagens sagradas do Apolo de Belvedere e da Vênus de Médici. Atirei-me aos pés da deusa da beleza e, ao contemplá-la, esqueci por completo o bulício e toda a desolação de que acabara de esquivar-me. Meus olhos em-

---

[33] Não se trata aqui da célebre personagem das *Aventuras do Barão de Münchhausen*, compiladas por Rudolph Erich Raspe, mas, sim, de Gerlach Adolf von Münchhausen (1688-1770), o primeiro curador da Universidade de Göttingen e um dos grandes responsáveis pela organização administrativa e acadêmica da instituição.

bevecidos bebiam da simetria e da graça eterna de sua figura beneditíssima. Uma mansidão helênica trespassava minh'alma e, qual benção celestial, Febo Apolo derramou os mais doces tons de sua lira sobre minha cabeça. Mesmo depois de despertar, ainda continuava ouvindo aquele som adorável. O gado passava a caminho do pasto, fazendo soar os sinos que levavam pendurados no pescoço. O sol dourado entrava prazenteiramente pela janela e iluminava a quadraria nas paredes do quarto. Eram quadros dos tempos da Guerra de Libertação, onde se retratavam de maneira fidedigna os heróis que nós todos éramos. Havia também cenas de execução da época da Revolução: Luís XVI na guilhotina e decapitações de toda sorte, cenas que não conseguimos ver sem agradecer a Deus por poder deitar tranquilamente na cama, tomar um bom café e ainda ter a cabeça assentada confortavelmente sobre os ombros.

Após tomar o café da manhã, vestir-me, ler as típicas inscrições no vidro das janelas e acertar as minhas contas na hospedaria, deixei Osterode para trás e segui viagem.

Essa cidade tem tantas e quantas casas, vários habitantes, dentre os quais até algumas almas, conforme se pode ler com precisão no *Guia de viagem pelo Harz* de Gottschalk.[34] Antes de tomar a estrada, subi até as ruínas ancestrais do castelo de Osterode,[35] que se resume agora à metade de uma grande torre de paredes espessas, como se carcomida por caranguejos. O caminho para Clausthal[36] conduziu-me novamente montanha acima. De um dos primeiros montes, pude avistar o vale em toda sua extensão e, em meio ao verde

---

[34] *Taschenbuch für Reisende in den Harz* (1806), de Friedrich Gottschalk (ou Gottschalck, na grafia da época). Heine faz várias referências a essa obra ao longo da *Viagem ao Harz*.

[35] *Osteroder Burg*.

[36] *Klausthal*, segundo a grafia de época da edição alemã.

da floresta de pinheiros, Osterode, com seus telhados vermelhos, surgia qual rosa-musgosa. O sol lançava sobre tudo uma luz suave e *naïf*. Dali se via, em sua melhor perspectiva, a parte de trás do que restara da imponente torre do castelo. Depois de caminhar mais um bom pedaço, encontrei um jovem artesão que vinha voltando de sua viagem a Braunschweig e me contou, como se fosse um boato recente que por ali circulava, que o jovem duque, a caminho da Terra Santa, teria sido feito prisioneiro pelos turcos e só seria libertado ante uma grande soma de dinheiro. É provável que a longa viagem do duque tenha dado origem a tal lenda, pois o povo ainda preserva no imaginário o repertório tradicional e fabuloso, que se manifesta tão diletamente na figura de seu duque Ernesto.[37] O narrador daquela notícia era um aprendiz de alfaiate, homenzinho miúdo e gracioso, tão magro que se podiam ver as estrelas cintilando através de seu corpo, tal qual através dos espíritos das névoas do poeta Ossian. Era, enfim, uma mistura popular e folcloricamente barroca de bom-humor e melancolia, que se manifestava, em especial, no modo picarescamente tocante como ele cantava a maravilhosa canção: "A baratinha sobre a cerca, zunzunzum!".[38] Isso é o que há de bom entre nós alemães: ninguém é tão louco a ponto de não encontrar alguém ainda mais louco que o possa compreender. Só um alemão é capaz de comover-se com uma canção como esta, e ainda morrer de rir e de chorar com ela. Foi também nessa ocasião que eu percebi quão fundo as palavras de Goethe penetraram na vida do povo, pois

---

[37] *Herzog Ernst*: herói aventureiro, personagem recorrente já na lírica trovadoresca da alta Idade Média.

[38] "*Ein Käfer auf dem Zaune sass, summ, summ!*" é um verso da canção folclórica *Käferhochzeit* [Casamento da baratinha], cujo motivo central também está presente na canção de João de Barro, *A história da Dona Baratinha*.

meu companheiro de viagem magricelo também gorjeava, vez ou outra, algo como: "Triste e feliz, os pensamentos são livres!". Tratava-se de uma corruptela do texto de Goethe,[39] algo muito comum entre o povo em geral. Cantou ainda uma canção em que Lotte chorava junto ao túmulo de seu Werther.[40] E, ao fazê-lo, o alfaiate transbordava em todo seu sentimentalismo:

> Solitário eu choro junto às rosas,
> Onde a lua grave nos espia,
> Queixo-me em torno à fonte airosa,
> Que ora nos sussurra amavias.[41]

Logo em seguida, porém, encheu-se de malícia e contou-me o seguinte: "Na nossa pensão, em Kassel, temos um prus-

---

[39] *"Leidvoll und freudvoll, Gedanken sind frei!"*: enquanto corruptela de um texto de Goethe, a passagem parece remeter aos versos do terceiro ato de sua tragédia *Egmont*. Nessa passagem, Klärchen, a amante do herói Egmont, canta os versos conhecidos como *Klärchens Lied* [*Lied de Clara* ou *Canção de Clarinha*], dos quais traduzo aqui os primeiros versos: "Só é ditosa /a alma que ama./ Feliz ou / malfeliz,/ ou se penserosa,/..." [*Glücklich allein/ Ist die Seele, die liebt./ Freudvoll/ Und leidvoll,/ Gedankenvoll sein,/ ...*]. No entanto, a passagem também ecoa um motivo produtivo na tradição lírica alemã desde a Idade Média e que se popularizaria na canção folclórico-libertária *Die Gedanken sind frei* [Os pensamentos são livres], publicada na Suíça na coletânea de canções populares intitulada *Lieder der Brienzer Mädchen*, entre 1810 e 1820.

[40] Alusão ao título do poema *Lotte junto ao túmulo de Werther* (1775) [*Lotte bei Werthers Grab*] — de que, em seguida, Heine cita alguns versos —, atribuído ao poeta e dramaturgo Carl Ernst von Reitzenstein, de quem não se dispõem muitas informações. O poema é referência frequente no âmbito dos estudos de recepção da obra de Goethe.

[41] *Einsam wein ich, an der Rosenstelle,/ wo uns oft der späte Mond belauscht,/ Jammernd irr ich an der Silber Quelle,/ die uns, lieblich, Wonne zugerauscht.*

Viagem ao Harz

siano que faz canções como esta. Ele não sabe dar um ponto que preste. Se tem um tostão no bolso, tem sede para dois tostões. E quando fica embriagado, o céu lhe parece uma veste de cor azul. Aí ele chora como uma calha e canta suas canções com a dupla poesia!". Eu lhe pedi que me explicasse essa última expressão, mas meu caro alfaiatezinho, com seus gambitinhos de cabrito montês, só sabia saltitar de um lado para o outro e repetir sem parar: "A dupla poesia é a dupla poesia!". Percebi, por fim, que se referia a versos rimados dois a dois e, provavelmente, a um padrão estrófico semelhante ao das chamadas oitavas.[42]

Nesse meio-tempo, a agitação intensa e o vento contrário haviam deixado exausto aquele Cavaleiro da Agulha. Bem que ele fazia questão de mostrar-se disposto a continuar sua caminhada, bazofiando: "Agora eu levanto poeira nessa estrada!". Mas, logo em seguida, começou a reclamar das bolhas que se erguiam na sola de seu pé e desse mundo vasto que não tem mais fim. Finalmente, encostou-se no tronco de uma árvore e deixou seu corpo escorregar lentamente até o chão. Mexeu sua cabecinha frágil como se fosse o rabinho de um cordeiro e, sorrindo melancolicamente, disse: "Pobre bicho pesteado que eu sou, todo acabado de novo!".

Naquela altura do caminho, as montanhas impunham-se ainda mais íngremes. As florestas de pinheiros ondejavam no

---

[42] Em sua *Viagem de Osterode a Clausthal*, publicada em 1826 no suplemento do jornal berlinense *Der Gesellschafter* (editado por Friedrich Gubitz), Claus Dörne diz reconhecer-se na figura do aprendiz de alfaiate encontrado pelo "Senhor Heine", que a ele então se apresentara simplesmente como *Peregrinus*. Quanto à referida "dupla poesia", Dörne afirma ter tido outra coisa em mente. De fato, referia-se a esse colega em Kassel, poeta por natureza, mas não a questões de versificação de sua poesia. Ao beber, o poeta via sempre tudo em dobro e, nessa condição, escrevia seus versos com a "dupla poesia". Para Dörne, portanto, a dupla poesia não seria senão "a poesia em dobro".

vale qual imenso mar verde e as nuvens brancas navegavam o céu azul. O aspecto selvagem da região era abrandado por força de sua unidade e simplicidade. Pois, como um bom poeta, a natureza não gosta de transições abruptas. As nuvens, por mais bizarramente formadas que possam às vezes parecer, carregam-se ali de um matiz branco, ou ainda de uma suavidade que corresponde harmonicamente ao céu azul e à terra verde, de modo que as cores todas da região se fundem em música suave e a contemplação da natureza produz em nós um efeito que aquieta o corpo e asserena os ânimos. O bem-aventurado E. T. A. Hoffmann certamente teria sarapintado as nuvens todas. Mas, como um grande poeta, a natureza sabe produzir os maiores efeitos com um mínimo de recursos: um sol, árvores, flores, água e amor. Se, no entanto, o espectador carecer desse último item em seu coração, tudo passa a adquirir um aspecto miserável: o sol tem, então, apenas tantos e quantos quilômetros de diâmetro, as árvores dão boa lenha, as flores são classificadas segundo seus pistilos e estames e a água é apenas molhada.

Um menino, que procurava lenha na floresta para seu tio enfermo, indicou-me o pequeno vilarejo de Lerbach, cujas pequenas choupanas, com seus telhados acinzentados, espalham-se ao longo do vale por mais de meia hora. "Lá — disse ele —, moram imbecis com uma papada enorme e os *mouros brancos*", usando esta última expressão, como o povo em geral, para referir-se aos albinos daquela localidade. De um jeito todo próprio, o menino dava a impressão de entender-se muito bem com as árvores. Cumprimentava-as como velhas conhecidas e elas pareciam retribuir-lhe a saudação com seus murmúrios. Assobiava como um pintassilgo e os pássaros ao redor trilavam em resposta. E foi só eu perdê-lo de vista por um instante, já havia se embrenhado na mata cerrada, de pés descalços e com seu feixe de gravetos secos debaixo do braço. As crianças, pensei comigo, por serem mais jovens do que nós, ainda conseguem se lembrar de quando elas também eram árvores e pássaros, e, por isso, ainda são capazes de entendê-los. Nós, porém, já somos velhos e temos preocupações em excesso, jurisprudência demais e muitos versos ruins na cabeça. As lembranças desse outro tempo, em que tudo era tão diferente, reavivavam-se na minha memória justo naquele momento em que eu cruzava os limites de Clausthal. Quando cheguei a essa bela cidadezinha montana, que não se consegue avistar a não ser quando se está praticamente às suas portas, os sinos da igreja batiam meio-dia e as crianças, exultantes, acabavam de sair da escola. Os meninos, quase todos de bochechas rosadas, olhos azuis e cabelos loiros — claros como o linho —, pulavam e gritavam de alegria, despertando em mim lembranças melancolicamente felizes, da época em que eu mesmo era garoto e estudava na escola de um mosteiro obscuramente católico, em Düsseldorf. Durante todo o período daquelas manhãs por mim tão estimadas, não me era permitido nem mesmo levantar do banco de madeira; eu tinha de resistir a tanto latim, a tanta palmada e a tanta geografia! E quando finalmente os sinos da igreja franciscana batiam meio-dia, eu também deixava a escola gritando e exultando de alegria. As crianças, notando a minha mochila, perceberam que eu era um forasteiro e me saudaram com grande hospitalidade. Um dos garotos contou-me que haviam acabado de ter aula de religião e mostrou-me o *Catecismo Real de Hanover*, a partir do qual eles eram inquiridos sobre o Cristianismo. O livrinho era muito mal impresso e tenho receio de que, com isso, as doutrinas da fé causem já no ânimo das crianças uma impressão desagradável de papel mata-borrão. Assim como também fiquei extremamente perplexo ao perceber que a tabuada, que decerto colide gravemente com a doutrina da Santíssima Trindade, vinha impressa no próprio catecismo — por sinal, em sua última página —, o que poderia induzir as crianças, já desde cedo, a seguir os caminhos pecaminosos da dúvida. Quanto a isso somos muito mais espertos entre os prussianos. Em nosso afã tão zeloso de converter essas gentes[43] que entendem tão bem de suas contas, simplesmente nos resguardamos de imprimir a tabuada no verso do catecismo.

Parei para almoçar em Clausthal, numa hospedaria chamada *Krone*.[44] Serviram-me uma sopa de salsinha, de tom verde-primavera, uma porção de repolho roxo, dum roxo-violáceo, um assado de vitela, tão grande quanto uma miniatura do vulcão Chimborazo, e arenques defumados de uma variedade chamada *Bücking*,[45] batizados a partir do nome de seu inventor, Wilhelm Bücking, morto em 1447. Em virtude de sua invenção, Bücking seria tão admirado por Carlos V, o imperador do Sacro Império Romano-Germânico, que este, no ano do Senhor de 1556, viajaria de Middelburg até Bievlied, na Zelândia — uma província dos Países Baixos —, apenas para visitar o túmulo daquele grande homem. Como é maravilhoso saborear um prato assim, quando se conhecem os dados históricos a seu respeito e ainda se pode experimentá-lo pessoalmente. Só me estragaram mesmo foi o prazer do café, pois um jovem, que discursava atonitamente, sentou-se ao meu lado e começou a descarregar de tal maneira suas bravatas, que até o leite sobre a mesa azedou. Era um jovem devotado ao comércio, enfeitado com seus vinte e cinco coletes coloridos e o mesmo número de sinetes dourados, anéis, broches, etc. Parecia um macaco de circo, vestido com uma jaqueta vermelha e dizendo para si mesmo:

---

[43] Em 1823 foi fundada, em Berlim, uma Sociedade para a conversão dos judeus.

[44] *Hotel Goldene Krone*.

[45] O pescador Willem Beukelsz (morto em 1397), de Biervliet, em Flandres, teria aperfeiçoado os procedimentos de salgamento do arenque e, com isso, contribuído decisivamente para o enriquecimento de seu país.

Viagem ao Harz

a roupa faz o homem! Sabia inúmeras charadas de cor, bem como anedotas, que era capaz de contar nos momentos mais inadequados. Perguntou-me o que haveria de novo em Göttingen. Contei-lhe que, antes de minha partida, o Conselho Universitário baixara um decreto proibindo — com multa no valor de três táleres — o corte dos rabos dos cachorros. Ocorre que os cachorros loucos, nos dias de canícula,[46] costumam andar com o rabinho entre as pernas; portanto, não mais seria possível distingui-los dos cachorros que não são loucos, caso estes, assim como aqueles, não tivessem nenhum rabinho. Depois de comer, tomei novamente meu caminho, a fim de visitar as fundições, a casa da moeda e as minas de prata.

Nas fundições, como amiúde na vida, não vi nem de esguelha o brilho da prata. Na casa da moeda tive mais sucesso e, pelo menos, consegui ver como se faz dinheiro. Na verdade, nunca fui mais longe do que isso. Em ocasiões semelhantes, sempre fui um espectador, e ainda que chovessem táleres do céu, creio que não ganharia senão um par de buracos na cabeça, enquanto os filhos de Israel recolheriam seu maná argênteo com ânimo e prazer. Tomado por uma sensação estranha, um misto de reverência e comoção, contemplava os táleres brilhantes e recém-nascidos. Peguei em minhas mãos um deles, que acabara de sair da prensa, e disse: "Oh, jovem táler, que destinos te aguardarão? De quanto bem e quanto mal serás fundador! Fomentarás vícios e remendarás virtudes! Serás amado e logo maldito! Serás instrumento de orgia, conúbio, mentira e assassínio! Circularás incansavelmente durante séculos, por mãos puras e por mãos ímpias! Até que, por fim, carregado de culpa e consumido pelos pecados, tornarás ao seio dos seus, ao colo de Abraão, que te

---

[46] Em alemão, *Hundstage*: os dias mais quentes do verão europeu, que coincidem com o nascimento helíaco da estrela Sirius, da constelação do Grande Cão.

derreterá e te depurará e te moldará de novo, como um ser melhor".

A descida às duas minas principais de Clausthal, que levam o nome de Dorothea e Carolina, foi muito interessante e tenho de relatá-la mais detalhadamente. Depois de meia hora de caminhada a partir da cidade, chega-se a duas construções muito grandes e escuras, onde se é logo recebido pelos mineiros. Estes usam jaquetas compridas — até abaixo da barriga — e de cor escura — normalmente de um azul aceirado —, calças da mesma cor, um avental de couro — dos que se amarram na parte de trás do corpo — e um pequeno chapéu verde de feltro, sem abas, parecendo um cone truncado. O visitante é logo convidado a vestir um traje igual a este, à exceção apenas do avental de couro. Após acender a luz de sua lanterna, um mestre-mineiro o guiará por uma abertura escura, semelhante a um buraco de chaminé, descerá pelo vão até a altura de seu peito, ditará as regras de como segurar-se firmemente nas escadas e pedirá que o sigamos sem medo pelos caminhos estreitos. Ainda que no princípio nos neguemos a crer, sobretudo quando não se entende nada de mineração, a coisa em si não deixa de ser algo perigosa. Só o fato de tirarmos a roupa e termos de vestir aquele traje escuro de delinquente, já produz em nós uma sensação toda particular. Ainda por cima temos de descer de quatro pelo buraco, e a abertura é tão, mas tão escura, que só Deus sabe quando a escada acaba. Contudo, logo percebemos que o que nos leva para o fundo daquela eternidade sombria não é uma única escada, e sim quinze ou vinte degraus presos a uma tábua comprida, sobre os quais podemos nos manter de pé e ao fim dos quais sempre surge um novo buraco que, por sua vez, conduz a uma nova escada e assim por diante.

Desci primeiro a Carolina — a Carolina mais suja e desagradável que já conheci em toda minha vida. Com degraus molhados e enlameados, de uma escada a outra, o caminho vai-nos conduzindo mina abaixo. O mestre-mineiro segue sempre à frente, repetindo suas palavras, dizendo que o caminho não é de todo perigoso, que é só segurar bem firme nos degraus, e que não se deve olhar para baixo, e que não se deve ficar tonto, e que sempre se deve pisar no meio do degrau, e que nunca se deve pisar nas bordas, por onde sobe a corda ronronante dos tonéis e onde, há duas semanas, uma pessoa descuidada teria pisado e despencado e, infelizmente, quebrado o pescoço. Lá embaixo é tudo uma só confusão de retroos e zumbidos. A toda hora esbarra-se em vigas e cordas, que se põem em movimento para içar os tonéis abarrotados de minério ou com a água que verte na mina. Vez ou outra, chega-se a uma passagem escavada transversalmente, uma galeria, onde se vê crescer o minério bruto e onde o mineiro solitário passa o dia inteiro sentado, marretando paredes para extrair pedaços toscos de rocha. Não cheguei a ir até os limites mais profundos da mina, onde — há quem diga — podem-se ouvir os americanos gritando: — "Viva, Lafayette!".[47] Cá entre nós, o ponto até onde cheguei já me pareceu fundo o suficiente: estrépitos incessantes e buliçosos, movimentos maquinais dos mais esdrúxulos, murmúrios dos mananciais subterrâneos, água vertendo por toda parte, emanações fúmidas erguendo-se da terra e a luz cada vez mais baça, bruxuleando a solidão da noite. Era algo realmente atordoante. Minha respiração ficou pesada; com algum esforço, segurei-me no degrau escorregadiço. Não senti laivo algum de medo, mas, lá embaixo, no fundo da mina, por mais estranho que pareça, lembrei-me de que no ano anterior, aproximadamente na mesma época, vivenciara uma borrasca em pleno Mar do

---

[47] General Lafayette: político francês que participou da guerra pela independência dos Estados Unidos e que, ao visitar o país americano em 1824 e 1825, foi recebido triunfalmente.

Norte. Naquele instante, até que me seria muito agradável e reconfortante sentir de novo o navio balançar de um lado para o outro e os ventos ressoarem mais alto as tocatas de seus trompetes, entremeadas pela zoada dos marujos — tudo isso banhado pelo frescor e pela graça divina do ar livre. Sim, do ar! E foi por sentir falta desse ar que me pus logo a subir de volta alguns lances de escada. Meu guia conduziu-me por uma passagem estreita e muito longa — uma galeria entalhada na montanha —, até chegarmos à mina chamada Dorothea. Esta era mais fresca e arejada e suas escadas eram mais limpas, ainda que mais compridas e inclinadas do que as da outra mina. Ali me senti melhor, especialmente ao perceber uma cintilação tênue e errante que brotava do fundo da mina — indícios de vida humana. Eram mineiros, que vinham voltando com suas lanternas, saudavam-nos com o típico "Boa subida!" — que respondíamos do mesmo modo — e passavam por nós, um a um, em direção à superfície. Como uma lembrança familiarmente apaziguante e, ao mesmo tempo, incomodamente enigmática, aqueles semblantes sérios e devotos assaltavam-me com seus olhares profundamente claros, algo embaciados e misteriosamente iluminados pela luz de suas lanternas; homens jovens e velhos, que haviam trabalhado o dia inteiro naqueles poços escuros e solitários e que agora ansiavam rever a tão amada luz do dia, os olhos de suas mulheres, de seus filhos.

Meu cicerone mesmo era de uma natureza genuinamente sincera e caninamente germânica. Regozijava-se de alegria ao mostrar-me o local onde o duque de Cambridge,[48] por

---

[48] Filho mais jovem do rei George III (1738-1820), soberano do Reino Unido da Grã Bretanha e Irlanda, Adolph Friedrich Herzog von Cambridge (1774-1850) foi governador-geral e, mais tarde, vice-rei de Hanover, reino este que, até 1837, seria regido em regime de união pessoal com o Reino Unido.

ocasião de uma visita à mina, teria ceado na companhia de todo seu séquito e onde se encontrava ainda a longa mesa de madeira e a grande cadeira de pedra em que o soberano se sentara. Esta deveria ficar ali como eterna recordação, disse-me o bom mineiro. E prosseguiu, com ainda mais entusiasmo, contando-me quantos festejos se realizaram naquela época e como toda a galeria foi adornada com lanternas, flores e folhagens; e como um jovem mineiro tocou cítara e cantou; e como o tão estimado duque, gordo e satisfeito, bebeu regiamente à saúde de todos; e quantos mineiros, assim como ele próprio, teriam o maior prazer em deixar-se matar ou morrer pelo tão estimado e gordo duque e por toda a Casa de Hanover. Sinto-me profundamente comovido sempre que vejo esse sentimento de fidelidade subserviente manifestar-se em sua forma mais autêntica e natural. É um sentimento tão belo! E um sentimento tão verdadeiramente germânico! Outros povos podem ser mais habilidosos, espirituosos e hilariantes, mas nenhum é tão fiel como o fidelíssimo povo germânico. Se eu não soubesse que a fidelidade é tão antiga quanto o mundo, diria que um coração germânico a inventou. Não, a fidelidade germânica não é apenas um moderno adereço retórico. Em vossas cortes — oh, príncipes alemães! —, dever-se-ia entoar e retroar a canção do fiel Eckart[49] e do malvado duque Burgund, que mandaria matar os amados filhos daquele, mas ainda assim continuaria contando com sua lealdade. Tendes dos povos o mais fiel, e enganais-vos se credes que vosso velho cão, tão fiel e compreensivo, ficou subitamente louco e estaria prestes a abocanhar vossas sagradas panturrilhas.

---

[49] Alusão à figura de Eckart, o herói fiel da antiga saga adaptada pelo poeta, escritor e tradutor alemão Ludwig Tieck (1773-1853) em sua narrativa *O fiel Eckart e o Tannhäuser* [*Der getreue Eckart und der Tannhäuser*], de 1799.

Tal qual a fidelidade germânica, a luz tênue da mina, sem tremeluzir, guiava-nos agora tranquila e segura pelo labirinto de poços e galerias. Fomos deixando para trás a noite abafada da mina, o sol refulgia esplêndido — boa subida! A grande maioria daqueles mineiros mora em Clausthal e em um lugarejo muito próximo chamado Zellerfeld.[50] Visitei muitos desses homens valorosos, observei suas modestas instalações domésticas, ouvi algumas de suas canções — acompanhadas belamente ao som da cítara, seu instrumento predileto —, pedi que me contassem suas histórias mais antigas, mas também que repetissem as preces que costumam fazer antes de descer pelos poços escuros da mina — e chegaria a repetir com eles algumas daquelas boas preces. Um velho mestre-mineiro chegou a me dizer que eu deveria ficar morando por ali e tornar-me um deles. Como eu declinasse do convite, ao nos despedirmos, o velho encarregou-me de levar uma mensagem para seu irmão, que morava nos arredores de Goslar, e muitos beijos para sua querida sobrinha.

Por mais que a vida dessa gente pareça sossegada e desprovida de qualquer agitação, trata-se, na realidade, de uma vida verdadeiramente autêntica e animada. É possível que a senhora trêmula e anciã, sentada atrás do fogão a lenha, em frente ao grande armário de cozinha, já estivesse sentada ali há mais de um quarto de século. E não resta a menor dúvida de que seus pensamentos e sentimentos estejam intrinsecamente ligados a cada entalhe do armário, a cada canto daquele fogão. Armário e fogão tinham vida agora, pois um ser humano incutiu-lhes uma parte de sua alma.

Somente uma vida profundamente contemplativa como esta, uma relação não mediada do homem com o mundo, poderia dar origem aos fabulosos contos de fadas alemães,

---

[50] As duas cidadezinhas montanas juntaram-se em 1924, formando o município de Clausthal-Zellerfeld.

cuja característica mais distintiva reside no fato de que, nessas narrativas, não são apenas os animais e as plantas que agem e falam como humanos, mas também os objetos, aparentemente inanimados. Foi para um povo pensativo e pacato, na mansidão dos recônditos tranquilos de seus lares na alta montanha ou no meio da floresta, que a vida interior de tais objetos se revelou. Estes ganhariam, então, uma personalidade necessária e consequente, uma doce mistura de humor fantástico e gênio humano. E é assim que, nos contos de fadas, o maravilhoso é contado com toda naturalidade: uma agulha e um alfinete perdem-se no escuro ao voltarem da alfaiataria; a palha e o carvão acidentam-se ao tentar a travessia dum riacho; a pá e a vassoura brigam no degrau da escada; o espelho, quando inquirido, mostra a imagem da mais linda mulher; e até mesmo gotas de sangue começam a dizer palavras sombrias e tenebrosas da mais compungida compaixão.[51]

É por essa mesma razão que a nossa vida na infância é tão infinitamente significativa. Nessa época, tudo tem para nós a mesma importância: ouvimos tudo, vemos tudo, nossas impressões são mais uniformes. Mais tarde, tudo passa a ter um propósito, ocupamos-nos mais exclusivamente com o que é particular e específico, esforçamos-nos para fazer a permuta do ouro puro de nossa intuição pelo papel-moeda das definições livrescas; enfim, nossa vida ganha em amplitude o que ela perde em profundidade.

Agora já somos pessoas distintas e bem crescidas. É comum que nos mudemos para outra casa, onde a empregada faz a arrumação diária e reordena, a seu bel-prazer, a posição dos móveis — que pouco nos interessam, afinal, para nós, ou eles são novos, ou pertencem hoje a um Hans, amanhã a um

---

[51] Referência a motivos e personagens reunidos nos contos dos Irmãos Grimm.

Isaak e assim por diante. Até mesmo nossas roupas nos são estranhas. Mal sabemos quantos botões há no paletó que nos veste o corpo. Trocamos nossas roupas velhas tão frequentemente por roupas novas, que nenhuma delas chega a criar qualquer relação com nossa história íntima ou exterior: mal conseguimos nos lembrar de como era aquele colete marrom, que despertara tanto riso outrora e por cujas largas tiras corream tão carinhosamente os dedos da amada.

Aquela anciã, atrás do fogão a lenha, diante do grande armário de cozinha, vestia uma saia florida cujo tecido era testemunha velada de parte do vestido de noiva de sua mãe já falecida. Seu bisneto, um garoto loiro, de olhos radiantes, trajado como um pequeno mineiro, sentava-se a seus pés e contava as flores de sua saia. Quantas histórias sobre aquela saia a anciã não lhe terá contado; histórias verdadeiras e belas, de que o rapagote certamente não se esquecerá tão cedo e que ainda habitarão suas lembranças quando ele, já homem feito, estiver trabalhando na noite solitária das galerias da Carolina; histórias que talvez ele mesmo reconte, quando sua cara avó há muito estiver morta e ele próprio, grisalho e combalido, estiver sentado na roda de seus netos, diante do grande armário de cozinha, atrás do forno a lenha.

Passei aquela noite na mesma hospedaria em Clausthal, onde, agora, recém-chegado de Göttingen, também se hospedava o conselheiro Bouterwek.[52] Tive o prazer de fazer-lhe uma visita de cortesia. Além disso, ao assinar o livro de hóspedes e folheá-lo casualmente, encontrei registrado, no mês

---

[52] Friedrich Bouterwek (1766-1828), professor de filosofia na Universidade de Göttingen e autor da obra *A religião da razão* [*Die Religion der Vernunft*] (1824) — a edição alemã refere-se apenas a um conselheiro B.; na edição francesa, o nome é mencionado.

de julho, o nome do venerável Adalbert von Chamisso,[53] biógrafo do imortal Peter Schlemihl.[54] O dono da hospedaria contou-me, então, que aquele senhor chegara sob as piores condições de tempo e que partira com tempo igualmente ruim. Na manhã seguinte, tive de aliviar ainda mais o peso de minha mochila, de modo que me livrei do par de botas que eu trazia. Botei então o pé no mundo, em direção ao vilarejo de Goslar. Nem sei como cheguei lá. Só me lembro de caminhar distraidamente, morro acima, morro abaixo; de olhar os belos prados no seio dos vales, de ouvir o murmurinho das águas prateadas, o chilro doce dos pássaros na floresta, o tintino do gado. As árvores, em seus tantos tons de verde, doiravam-se de sol e, no alto, o manto azul do céu de seda, de tão fino, deixava transparecer o *sanctum santorum*, onde os anjos, sentados aos pés de Deus, estudam, nos traços de seu vulto, as linhas do baixo contínuo. Sentia ainda vivo em mim o sonho que eu tivera na noite anterior e que não conseguia banir de minh'alma. Era um antigo conto de fadas, de um cavaleiro que descera às profundezas dum poço, onde a mais bela das princesas dormia seu sono encantado. Eu mesmo era o cavaleiro e o poço era a mina escura dos arrabaldes de Clausthal. De repente, começaram a aparecer luzes de todos os lados, e de cada poço e galeria surgiram anõezinhos vigilantes, que me dardejavam com suas grimaças furiosas e levantavam suas espadas curtas em minha direção, soprando

---

[53] Louis Charles Adélaïde de Chamissot (1781-1838), botânico e poeta romântico alemão, de origem francesa.

[54] Referência à personagem da obra de Chamisso intitulada *A História maravilhosa de Peter Schlemihl* [*Peter Schlemihls wundersame Geschichte*] (1813). Trata-se de um conto (de fadas) — que tem, como pano de fundo, as Guerras de Libertação contra Napoleão —, em que Schlemihl vende a própria sombra ao diabo. A expressão Schlemihl (do iídiche, *Schlamassel*) designa, na cultura judaico-oriental, um sujeito azarado.

trombetas estridentes e conclamando seus companheiros, que chegavam às pressas, balançando medonhamente as cabeçorras. Quando lhes desferi meus golpes e o sangue começou a correr, percebi que não eram senão os mesmos cardos vermelhos e barbacenos, em plena floração, que eu, no dia anterior, acertara com o cajado à beira da estrada. As criaturas desapareceram no mesmo instante e fui parar num salão nobre e iluminado, em cujo centro se encontrava a dileta figura de minha bem-amada, imóvel e coberta pelo branco de seu véu, qual estátua perenal. Beijei-lhe a boca e — por Deus! — senti o hálito vivificante de sua alma e o doce cicio de seus lábios. Naquele instante, foi como se ouvisse a voz divina dizendo "faça-se a luz!" e a vista se me ofuscasse diante do clarão intenso de luz eterna que caía sobre tudo. Mas logo se fez noite e tudo então confluía, caoticamente, na desproporção dum mar ermo e bravio. Mar ermo e bravio! E sobre as águas tempestuosas singravam temerosos os fantasmas dos falecidos, com suas mortalhas panejando ao vento. Atrás deles, acossando-os com seu açoite estrepitoso, corria um arlequim sarapantão, que era eu mesmo — foi quando das ondas negras ergueram-se as cabeças desfiguradas de monstruosas criaturas marinhas, que avançaram sobre mim com suas garras abertas, e, de tão desesperado, acordei.

Como às vezes se estragam os mais belos contos de fadas! Na verdade, o cavaleiro, ao encontrar a princesa adormecida, teria de rasgar um pedaço de seu precioso véu. E quando, por sua desmedida bravura, o encanto fosse desfeito e a princesa estivesse sentada novamente em seu doirado trono, o cavaleiro deveria apresentar-se a ela e dizer: "Oh, minha princesa, a mais bela dentre as belas, tu não me reconheces?". Ela, por sua vez, deveria responder-lhe: "Oh, meu cavaleiro, o mais valoroso dentre os valorosos, não te reconheço!". Ele então lhe mostraria o pedaço de seda que rasgara outrora de seu véu e que casava perfeitamente com o véu que agora cobria o corpo da donzela; e os dois se abraçariam ternamente, e soariam as trombetas e se celebrariam as bodas. Desdita a minha, que meus sonhos de amor raramente tenham um final tão feliz.

O nome Goslar soa tão agradável e desperta tantas antigas reminiscências imperiais, que eu esperava encontrar uma cidade imponente e majestosa. Mas quando se observam as coisas célebres mais de perto, é assim mesmo! Não encontrei senão um ninho de ruas labirinticamente tortas, quase sempre muito estreitas — onde também corriam as águas bafiosas do pequeno rio Gose[55] — e um calçamento tão decadente e esdrúxulo quanto os hexâmetros[56] dos poetas berlinenses. Somente o conjunto das antiguidades que encerrava — restos de muralhas, torres e pináculos — dava à cidade um toque mais atraente. Uma dessas torres, chamada Zwinger, possui paredes tão grossas, que nelas se puderam entalhar aposentos inteiros. Diante da cidade estende-se um campo belo e imenso, com morros altos ao derredor, onde se realizam os famosos jogos de caça de Goslar.[57] A praça do mercado é pequena e possui um chafariz que jorra água numa grande bacia de metal; em caso de incêndio, é costume local desferir golpes na cuba metálica, produzindo-se assim um som que pode ser ouvido a longa distância. Quanto à origem de tal cuba, nada se sabe. Há quem diga que, muito tempo atrás, no meio da

---

[55] *Gose* também é o nome de um tipo de cerveja de alta fermentação, produzida originalmente na cidade de Goslar, desde a Idade Média, de onde provém seu nome.

[56] Provável alusão ao conselheiro de Estado e também poeta Friedrich August von Stägemann (1763-1840), que, em seus poemas, cantaria os acontecimentos da Guerra de Libertação usando o referido padrão métrico da Antiguidade clássica.

[57] *Schützenhof zu Goslar* (vide nota 67).

madrugada, o diabo a teria deixado ali na praça. Naquela época, as pessoas, assim como o diabo, ainda eram tolas e costumavam oferecer presentes uns aos outros.

A prefeitura da cidade é um posto de guarda todo pintado de branco. Logo ao lado encontra-se a casa das corporações de comerciantes — das guildas medievais —, que apresenta um aspecto bem melhor. Fixadas a uma altura média entre o chão e o telhado, várias estátuas de antigos imperadores alemães decoram sua fachada. Tisnados de tão enegrecidos, e com alguns detalhes em dourado, segurando numa mão o cetro, noutra o orbe, mais parecem bedéis assados. No entanto, um dos imperadores leva na mão, ao invés do cetro, uma espada.[58] Eu não seria capaz de adivinhar o que esta diferença quereria dizer. Mas é certo que há algum significado, já que os alemães possuem o costume muito particular de sempre pensar em algo quando fazem alguma coisa.

No *Guia* de Gottschalk pude ler muito sobre a catedral e sobre o famoso trono imperial de Goslar; mas, quando quis visitá-los, disseram-me que a catedral havia sido derrubada e que o trono fora levado para Berlim.[59] Vivemos mesmo numa época profundamente significativa: catedrais milenares são destruídas e tronos imperiais são jogados no quarto de despejo.

Algumas curiosidades da venturosa catedral estão agora em exposição na Igreja de Santo Estêvão:[60] vitrais maravilhosos; algumas péssimas pinturas, dentre as quais certamen-

---

[58] Estranhamente, a estatueta do imperador a que Heine se refere, ao menos na versão atual e restaurada da fachada desse casarão conhecido como *Kaiserworth*, tem na mão tanto um cetro quanto uma espada.

[59] No século XIX a cidade viveu um longo período de crise econômica e vários dos monumentos históricos foram demolidos, inclusive a catedral.

[60] *Stephanskirche*, na edição alemã; atualmente: *Stephanikirche*.

te um Lucas Cranach; um grande Cristo na cruz, entalhado em madeira; além de um altar pagão, feito de algum metal desconhecido. Essa ara sacrifical tinha a forma de uma arca oblonga e retangular, sustentada por quatro cariátides sensivelmente arqueadas, com as mãos apoiadas sobre a cabeça e semblantes tenebrosamente desagradáveis. Mas ainda mais desagradável era o já mencionado crucifixo de madeira. Por certo aquela cabeça de Cristo, com cabelos e espinhos naturais e o rosto todo coberto de sangue, representava de maneira altamente primorosa o suplício de um homem; mas não o de um Salvador, do Filho de Deus. Em seu semblante entalhou-se apenas a materialidade do sofrimento, não a poesia da dor. Uma imagem como aquela antes mereceria estar numa sala de anatomia que na casa de Deus.

Alojei-me numa hospedaria próxima à praça do mercado, onde o almoço poderia ter-me proporcionado prazer ainda maior, não fosse pelo dono do estabelecimento, que, com sua cara longa e redundante, sentou-se ao meu lado e pôs-se a fazer suas perguntas tediosas. Por sorte, logo fui salvo pela chegada de um outro viajante, que também teve de suportar as mesmas perguntas, na mesma sequência: *Quis? Quid? Ubi? Quibus auxiliis? Cur? Quomodo? Quando?*[61] Aquele homem estranho tinha uma feição cansada, desgastada pela idade e, segundo depreendia-se de sua fala, viajara o mundo inteiro, morara durante anos na Batávia — como se chamavam antigamente os Países Baixos —, acumulara muito dinheiro e perdera tudo logo em seguida. Agora, depois de trinta anos longe de casa, retornava para Quedlinburg, sua

---

[61] "Quem? O que? Onde? Por que meios? Por quê? Como? Quando?": Trata-se de um hexâmetro latino de Quintiliano, que sintetiza as questões mais relevantes da *inventio* na preparação retórica do discurso. Por muito tempo, também foi usado escolarmente como guia esquemático de perguntas para a redação de um texto.

cidade natal, pois, como acrescentaria ainda o viajante: "Temos lá o jazigo da família". Diante disso, o senhor hospedeiro fez uma observação ilustre, esclarecendo-nos, com toda propriedade, que para a alma é indiferente onde o corpo é sepultado. "O senhor me dá certeza disso?", redarguiu o forasteiro. De súbito, o contorno de seus olhos esmaecidos e de seus lábios aflitos redesenhou-se com estranha astúcia; mas, retomando logo aquele ar de inquietante bonomia, prosseguiu: "Só não entenda, com isso, que falo mal dos jazigos estrangeiros. Os turcos enterram seus mortos de maneira ainda muito mais bela do que nós. Seus cemitérios são verdadeiros jardins. E é de seu costume ficarem sentados lá, sobre as lápides brancas e coroadas de turbantes, à sombra de um cipreste, cofiando gravemente as barbas e fumando tranquilos, em longos cachimbos, seu tabaco turco. Assim como é também um prazer imenso observar os chineses, que dançam cerimoniosamente nos jazigos de seus entes falecidos, fazendo ali suas preces, bebendo chá e tocando violino. E sabem adornar tão bem seus túmulos mais diletos, lançando mão de toda sorte de madeirames recobertos de ouro, de estatuetas de porcelana, trapos de seda colorida, flores artificiais e lanternas multicolores, tudo muito bonito, mas... quanto tempo ainda leva mesmo para chegar a Quedlinburg?".

 O cemitério de Goslar não me agradou muito, ao contrário daqueles cachinhos maravilhosos que, de uma janela a meia altura, saudaram-me sorridentemente logo em minha chegada à cidade. Após a refeição, saí à procura daquela janela tão benquista, mas só encontrei por lá um copo d'água com uma pequena campânula branca. Subi a parede até alcançar o parapeito algo elevado, apanhei a flor e prendi-a em meu gorro, sem dar muita importância para os queixos caídos, narizes petrificados e olhos estarrecidos com que as pessoas na rua, em especial as velhas enxeridas, observavam aquele caso de furto qualificado. Quando, uma hora mais tarde, passei de novo em frente à mesma casa, lá estava a bem-amada. Todavia, ao perceber a flor em meu gorro, corou de súbito e sumiu novamente janela adentro. Dessa vez pude ver melhor seu rosto: a mais doce e diáfana encarnação do luar, do canto do rouxinol, do perfume das rosas e da brisa fresca das noites de verão.

Mais tarde, quando escureceu por completo, a bela apareceu finalmente à porta da casa. Cheguei. Aproximei-me. Ela foi se esquivando pelo corredor escuro. Segurei-a pela mão, disse: "Sou um amante de flores e de beijos. O que não me dão de bom grado, eu roubo". Beijei-a de pronto. Ela tentou escapulir. Sussurrei-lhe serenamente: "Vou-me embora amanhã e não volto nunca mais". Senti a resposta na pressão velada de seus lábios adocicados e de suas mãos pequeninas... e fui embora, apressando o passo, dando minhas risadas. Sim, tenho de rir quando penso que, inconscientemente, pronunciei aquela fórmula mágica com a qual nossos uniformes vermelhos e azuis sabem seduzir — mais frequentemente que com a simpatia de seus bigodes — os corações das mulheres: "Vou-me embora amanhã e não volto nunca mais!".

De meus aposentos oferecia-se uma vista magnífica de Rammelsberg, uma montanha ao sul de Goslar. Era um belo fim de tarde. A noite galopava seus corcéis, de crinas negras, longas e esvoaçantes. De minha janela, observava a lua. Haverá mesmo um homem na lua? Segundo os eslavos, o nome dele é Clotar e, para fazê-la crescer, ele a rega diariamente com água. Quando eu ainda era pequeno, diziam que a lua era uma fruta. Quando madura, seria colhida pelo bom Deus, que a guardaria, com as outras luas-cheias, no grande armário do fim do mundo — onde ela ficaria presa por trás de suas portas pregadas. Quando cresci, percebi que o mundo não era assim tão limitado. O espírito humano era capaz de despregar as portas dos armários e de abrir todos os sete céus, usando uma enorme chave de São Pedro, a que chamam de imortalidade. Imortalidade, que bela ideia! Quem te terá pensado por primeiro? Quiçá aquele pequeno-burguês de Nürnberg, de touca branca na cabeça, cachimbo branco na boca, sentado na frente de casa numa noite tépida de verão — não teria ele pensado quão lindo seria poder continuar vegetando docemente por toda a eternidade, sem que a brasa do cachimbo nem seu próprio fôlego se apagassem? Quiçá um jovem apaixonado, nos braços de sua amante — não teria ele pensado por primeiro tais ideias de imortalidade? E não as teria pensado apenas porque as sentia? Ou porque não poderia ter pensado ou sentido senão aquilo mesmo? Amor! Imortalidade! Senti meu peito tão quente de repente. Cheguei a imaginar que os geógrafos tivessem mexido na Linha do Equador e que ela agora atravessava de chofre meu peito. Meu coração transbordava sentimentos de amor; transbordava-os desejosos na vastidão da noite. Sob minha janela, as flores exalavam ainda mais intensamente seus perfumes. E os olores são os sentimentos das flores. Do mesmo modo como o coração humano, na noite em que se crê só e despercebido, assim também as flores, profundamente pudorosas, parecem aguardar até que a escuridão as envolva, para só então se entregarem completamente a seus sentimentos, exalando-os em seus mais doces perfumes. Transbordai, perfumes de meu coração! Buscai além daquelas montanhas a amada de meus sonhos! Ela jaz em seu leito e dorme. A seus pés ajoelham-se os anjos. Mergulhada em sono, cada sorriso seu é uma prece que os anjos repetem. Em seus seios encerra-se o céu e toda a bem-aventurança. Quando ela respira, meu coração treme na distância. O sol se põe por trás dos cílios de seda de seus olhos. E ao se abrirem novamente, faz-se o dia, os pássaros cantam, soam os sinos dos rebanhos, as montanhas fulgem suas vestes de esmeralda, fecho minha mochila e tomo novamente meu caminho.

Algo de muito estranho se me deparou na noite que passei em Goslar. O medo ainda hoje me acomete quando me recordo do ocorrido. Não, não sou medroso por natureza, mas de fantasmas tenho quase tanto medo quanto das edições diárias do *Österreichischer Beobachter*.[62] O que é o medo? Teria origem na mente ou na emoção? Tantas vezes discuti essa questão com o Dr. Saul Ascher,[63] em nossos encontros casuais no Café Royal, em Berlim, onde costumava almoçar. Conforme o doutor costumava afirmar, tememos apenas porque reconhecemos algo racionalmente como temível. Somente a razão seria uma força, não a emoção. Enquanto eu comia e bebia regiamente, o doutor continuava a demonstrar-me as prevalências da razão. Ao fim de sua demonstração, tinha por costume dar uma espiadela no relógio e concluir com seu bordão: "A razão é o princípio mais elevado!". Razão! Quando ouço agora essa palavra, ainda vejo o Dr. Saul Ascher com suas pernas abstratas, seu terno justo de um gris transcendental, seu rosto de uma frieza glacial e de linhas tão abruptas, que poderia figurar de efígie num compêndio de geometria. Esse homem, do alto de seus cinquenta anos, era a própria personificação da linha reta. Em seu desiderato positivo, o pobre homem declinou analiticamente de tudo o que há de mais maravilhoso na vida: de todos os raios de sol, de todas as crenças, de todas as flores — e não lhe restou senão uma cova fria e positiva. Para o Apolo de Belvedere, bem como para o Cristianismo, reservava uma dose toda especial de malícia. Contra esse último, chegou mesmo a escrever um

---

[62] O chamado *Österreichischer Beobachter* [Observador Austríaco], jornal oficioso e de caráter marcadamente reacionário, fundado em Viena, em 1810, por Friedrich von Gentz, a pedido do príncipe de Metternich.

[63] Dr. Saul Ascher (1767-1822), autor, tradutor, editor e livreiro berlinense.

opúsculo,[64] em que demonstrava a irracionalidade e a insustentabilidade dessa religião. A propósito, escreveu uma quantidade enorme de livros em que a razão sempre imperava, reafirmando-se assim, também, sua própria excelência. Por certo o pobre doutor levava isso suficientemente a sério, merecendo, nesse sentido, todo o respeito. Mas é justamente nisso que reside o mais engraçado de tudo, pois costumava fazer uma careta genuinamente aparvalhada, quando não era capaz de compreender aquilo que qualquer criança compreende, justamente por ser uma criança. Cheguei a visitar algumas vezes o doutor da Razão em sua própria casa, onde sempre se podiam encontrar belas garotas — afinal, a razão não proíbe a sensualidade. Numa dessas ocasiões, seu empregado recebeu-me, dizendo que o Senhor doutor acabara de morrer. Aquilo não me despertou sentimento maior do que se ele tivesse dito que o Senhor doutor acabara de se mudar.

De volta a Goslar. "O princípio mais elevado é a razão!", repetia para mim mesmo, procurando acalmar-me enquanto me deitava. De pouco adiantou. Acabara de ler, nos *Contos alemães*, de Varnhagen von Ense[65] — que já me acompanhavam desde Clausthal —, aquela história terrível de como um filho, que almejava matar seu próprio pai, teria sido advertido, no meio da noite, pelo espírito da mãe já falecida. O modo maravilhoso como a história era narrada fez com que um pavor profundo gelasse até minha alma. Essas histórias fantasmagóricas provocam uma sensação ainda mais horripilante quando são lidas em viagem, sobretudo no meio da noite, numa casa estranha, num quarto onde nunca

---

[64] Referência à obra *Sobre o futuro destino do Cristianismo* [*Ansichten von dem künftigen Schicksal des Christenthums*], publicada em Berlim em 1819.

[65] *Deutsche Erzählungen* (1815), de Karl August Varnhagen von Ense (1785-1858) — cronista, escritor, biógrafo e diplomata alemão.

se esteve antes. Quantas coisas tenebrosas não hão de ter acontecido nesse mesmo lugar em que você está deitado agora? — é o que vamos logo pensando, involuntariamente. Ademais, a lua invadia meu quarto com sua luz ambígua, sombras sinistras agitavam-se intempestivamente pelas paredes e, quando levantei meu corpo para enxergar melhor o que havia ao meu redor, eu vi...

Não há nada mais insólito do que se deparar acidentalmente com o próprio reflexo no espelho em plena noite de luar. Naquele mesmo momento, um sino moroso e oscitante batia meia-noite. E batia tão longa e lentamente que, após a décima-segunda badalada, tive a nítida impressão de haverem-se passado doze horas inteiras, e de que logo o sino recomeçaria a badalar outras doze vezes. Entre a undécima e a décima-segunda batida, ouviu-se também na casa o badalar de outro relógio, um tanto afoito, estrepitosamente ranheta, quiçá irritado com a lentidão do senhor seu compadre. Quando enfim aquelas línguas de ferro sossegaram e um silêncio profundo e mortal voltou a reinar por toda a casa, tive a sensação de ouvir algo cambaleante arrastando-se pelo corredor, como se fosse o passo bambo e lasso de um ancião decrépito. De repente, a porta de meu quarto abriu-se e, por ela, vi entrar vagarosamente a figura do falecido doutor Saul Ascher. Um calafrio varou-me o corpo todo, tremia como vara verde e mal ousava olhar o fantasma nos olhos. Tinha a aparência de sempre: o mesmo terno justo de um gris transcendental, as mesmas pernas abstratas, a mesma feição matemática. Contudo, trazia no semblante um ar mais amarelado do que de costume; também a boca — onde antes se formavam dois ângulos de 22,5° — estava agora toda encarquilhada e a circunferência de seus olhos distendia-se num raio bem maior. Manquitolando e apoiando-se como sempre em sua bengala espanhola, aproximou-se de mim e, naquele seu dialeto costumeiramente infacundo e escorbútico, disse gentilmente: "Não tenha medo! Não pense que sou um fantasma! Se você acredita estar me vendo como um fantasma, isso é apenas ilusão, fruto de sua fantasia. O que é um fantasma? Dê-me uma definição! Deduza as condições de possibilidade de um fantasma! Que espécie de relação razoavelmente lógica uma manifestação como esta poderia ter com a razão? A razão, digo, a razão é o..." — e assim prosseguia o fantasma em sua análise da razão. Citando a *Crítica da razão pura* de Kant — segunda parte, artigo primeiro, livro segundo, terceiro capítulo —, sobre a distinção entre *phenomena* e *noumena*, revisou o constructo da problemática crença nos fantasmas, confrontou silogismos e encerrou sua demonstração com a prova lógica de que, por certo, não existiriam fantasmas. Enquanto isso, um suor frio escorria pelas minhas costas, meus dentes estalavam como castanholas e, estarrecido de medo, anuía com uma condescendência incondicional a cada novo argumento com que o doutor assombrado comprovava quão absurdo é ter medo de fantasmas. Tamanha era sua empolgação que, a certa altura, por distração, tirou do bolso do paletó, ao invés de seu relógio de ouro, um punhado de vermes; e percebendo seu engano, num gesto rápido e comicamente assustado, meteu-os novamente no bolso.

— "A razão é o princípio mais elevado" — foi quando o sino bateu uma hora e o fantasma desapareceu.

Parti de Goslar na manhã seguinte, sem destino muito certo, mas com o propósito de procurar pelo tal irmão daquele mineiro de Clausthal. Fazia um tempo bom e agradável, digno de um dia de domingo. Subi morros e montanhas, pude observar como o sol se esmerava em dissipar a neblina, caminhava alegremente pelas florestas arrepiantes e, em minha mente sonhadora, continuavam ressoando as campânulas de Goslar. As montanhas ainda vestiam suas camisolas brancas. Os pinheiros sacudiam o sono de seus membros e o vento fresco da manhã encrespava seus cabelos verdes e descaídos.

Os passarinhos faziam suas preces. Na intimidade dos vales, a pradaria reluzia como um manto dourado, semeado de diamantes, por onde passava o pastor com seus sonorosos rebanhos. Eu bem podia ter-me perdido. Toma-se um atalho ali, uma outra trilha acolá, pensando que assim se chega mais rápido ao destino e, quando se vê... As coisas acontecem no Harz como na vida em geral. Há sempre uma alma bondosa que nos traz de volta ao bom caminho. Fazem isso de bom grado, mas têm um prazer ainda maior quando, com seu ar de superioridade e sua voz benevolentemente soberba, apontam-nos nossos grandes descaminhos, os precipícios e pântanos em que poderíamos ter sucumbido e a sorte que tivemos de encontrar, a tempo, pessoas como elas, tão conhecedoras daqueles caminhos. Encontrei um corretor como este nas imediações do Castelo de Harzburg. Era um cidadão bem nutrido de Goslar, com um rosto brilhantemente rotundo e tansamente esperto — parecia ter acabado de inventar a peste bovina. Caminhamos juntos um bom trecho, enquanto ele me contava diversas histórias de fantasmas. E elas me teriam soado de modo ainda mais aprazível, não fosse o fato de acabarem sempre por concluir que não se tratavam realmente de fantasmas; que, na verdade, o vulto branco era um caçador clandestino, que as vozes plangentes eram produzidas por filhotes de javalis recém-paridos e que o roçagar no sótão não vinha, senão, do zanzar do gato da casa. "Somente quando a pessoa está doente", disse ele ainda, "é que ela acredita ver fantasmas". Mas, no que dizia respeito a sua humilde pessoa, era muito raro ele ficar doente. Esporadicamente, sofria de alguns males da pele, que ele logo tratava de curar com a própria saliva em jejum. Chamou-me também à atenção para a funcionalidade e a utilidade das coisas que se ofereciam na natureza: as árvores são verdes porque verde é bom para os olhos. Dei-lhe razão, acrescentando ainda que Deus teria criado o boi porque sopa de carne fortifica o homem; e que teria criado o burro para que o ser humano pudesse usá-lo como objeto de comparação; e que teria criado o homem, para que este pudesse comer sopa de carne e não tivesse de ser um burro. Meu companheiro ficou deslumbrado, radiante de alegria; finalmente encontrara alguém que pensava como ele. Quando nos despedimos, chegou a ficar comovido.

Durante o tempo em que o cidadão me acompanhou, a natureza inteira parecia ter perdido seu encanto. Mas logo que se foi, as árvores voltaram a falar, os raios de sol ressoaram novamente, as pequeninas flores na pradaria retomaram sua dança e o céu azul acolheu nos braços a terra verde. Eu é que sei: Deus criou o homem para que admirasse a magnificência do mundo. Todo autor, por maior que seja, sempre quer que sua obra seja admirada. É a bíblia, o livro de memórias de Deus, que o diz explicitamente: Deus criou o homem para sua própria honra e glória.

Depois de caminhar longamente para cima e para baixo, cheguei à casa do irmão de meu amigo de Clausthal, onde pernoitei e pude desfrutar deste belo poema:

[Idílio da montanha][66]

I

Lá no alto da montanha
Mora o velho e bom mineiro,
Lá onde os pinhos rumorejam,
Lá onde a lua é só luzeiro.

---

[66] *Bergidylle* — quanto ao título do poema, vide nota 15.

Na sua casa há um cadeirão —
Rico entalhe, um camafeu.
É feliz quem nele senta,
E eis que ali me sento eu!

No escabel, a bela moça,
Que em meu colo a mão repousa:
De olho azul, duas estrelinhas,
E a boquinha cor-de-rosa.

Com o azul de suas estrelas
Um olhar celeste acena.
Roça a rosa de sua boca
Com os dedos de açucena.

Não, a mãe não nos espreita,
Pois que fia sem fadiga,
E seu pai, tocando a cítara,
Canta mais uma cantiga.

Ora, a moça, docemente,
Num sussurro sussurrou-me;
Bem baixinho, ao pé do ouvido,
Mil segredos segredou-me.

— Desde a morte da titia,
Não pudemos nunca mais
Ir às festas lá em Goslar;[67]
Lá é bom, é bom demais.

---

[67] *Schützenhof zu Goslar*: referência a uma festa popular de Goslar, realizada em julho e originalmente ligada a jogos de caça (vide também a nota 57).

— É tão ermo aqui em cima
Nas friúras da montanha,
Passa o inverno e a neve quase
Nos sepulta até as entranhas.

— Eu que sempre tão medrosa,
Temo, feito uma criança,
Os fantasmas da montanha,
De noite, em suas andanças.

Nisso cala-se a mocinha
De pavor do que dizia;
Com as mãos cobriu o rosto
Seu olhar ela escondia.

Alto ruge fora o pinho,
Geme a roca sua cantiga,
Nos silêncios, soa a cítara
Soa a cantilena antiga:

— Não, não tema, minha querida,
Tais fantasmas tão malvados.
Há anjinhos, na guarida,
Dia e noite ao teu lado!

II

Com o verde de seus dedos
Bate o pinho na vidraça.
De curiosa, a lua lança
Toda a luz de sua graça.

Pai e mãe roncam baixinho
No aposento logo ao lado,
Nós, de papo um com o outro,
Nos mantemos acordados.

— Que você bem preze a reza
Não consigo acreditar.
Tais trejeitos de teus lábios[68]
Não se ganham de rezar.

— Teus trejeitos frios, malinos,
Chegam a dar-me calafrios,
Mas o assombro se me abranda
Só de ver teus olhos pios.

— Que você piamente creia,
Não creio, nem dou fé. Quanto
Você há de crer em Deus Pai,
No Filho e Espírito Santo? [69]

Oh, mocinha, de menino,
Mal deixara os próprios cueiros,
Tinha fé em Deus, que é Pai,
Deus que rege o mundo inteiro;

---

[68] Alusão a um trejeito do próprio Heine, que, segundo atestariam amigos e conhecidos, teria o costume de repuxar seu lábio superior para o lado esquerdo.

[69] A passagem alude ao famoso diálogo entre Fausto e Margarida (Gretchen) sobre a religião, na cena do "Jardim de Marta", no *Fausto* (primeira parte) de Goethe.

Que criou os céus e a terra,
Deu às gentes belo traço,
Que ditou ao sol e à lua
E às estrelas seu compasso.

Quando moço, mais crescido,
Muito mais eu compreendi,
Compreendi, fui razoável,
E em seu Filho também cri;

Filho amado, que amando,
Seu amor nos revelou,
Mas o povo, como é praxe,
Com a cruz o laureou.

Hoje lido e viajado,
Pulsa o peito, sinto tanto,
Que eu agora, homem feito,
Creio no Espírito Santo;

Que já fez mil e um milagres,
Não se cansa de fazê-los,
Que remiu do jugo escravos,
Derrubou os mil castelos.

Cura a chaga mais funesta
Renovando a antiga lei:
Todo homem nasce igual,
Da mais alta e nobre grei.

Ele afasta a sombra e a bruma
E o delírio tenebroso,
Desvarios que nos corrompem
Todo amor, prazer e gozo.

Escolheu mil cavaleiros
Todos eles bem armados,
P'ra cumprirem seus desígnios,
Feito homens arrojados.

Brilham suas espadas briosas,
Dançam seus pendões ao vento.
Ei, você não quereria
Ver de perto um tal portento?

Pois olhe bem nos meus olhos,
E beije-me tanto quanto,
Sou um destes, cavaleiro
Do sacro Espírito Santo.

III

Lá fora a lua se esconde
Por detrás dos verdes pinhos,
E no quarto a lamparina
Tremeluz nosso escurinho.

Mais intensamente azuis
Brilham as duas estrelinhas,
E arde a rosa cor-de-rosa
Quando soa sua vozinha:

— Anõezinhos e duendes
Roubam-nos pão e toicinho:
Guardo à noite na despensa,
De manhã não sobra unzinho.

— Rapam até do leite a nata,
Deixando a tigela aberta.
E o gato, que não é bobo,
Bebe o resto que se oferta.

— Mas o gato, ele é uma bruxa
Que, em noites tempestuosas,
Anda os morros assombrados
Entre as torres ruinosas.

— Torres que já foram um dia
Castelo de luxo e fama,
Onde à meia-luz bailavam,
Pajens, ginetes e damas.

— Até que a bruxa malvada
Lançou um encanto peguenho:
Só restaram os mil escombros,
Onde as corujas se embrenham.

— Mas já dizia a titia:
Dizendo-se um certo dito,
De noite, na hora certa,
Naqueles morros desditos;

— As ruínas se transformam
Num castelo de alta fama,
Onde dançarão de novo
Pajens, ginetes e damas.

— E quem disser o redito,
De tudo ali se apodera,
Tambor e trombetas rendem-se
Ao Senhor que então impera.

Da rosinha de tua boca
Brotam as flores do contado
E teus olhos, duas estrelas,
Luziluzem azulados.

Com teus fios e cachos d'ouro,
Ata-me as mãos sem refrega,
Dá um nome a cada dedo,
Beija, ri, depois sossega.

Tudo ali então se aquieta,
Tudo ali tão familiar,
Mesa, armário, tudo me olha,
Fosse eu seu velho par.

Sério o cuco canta a hora,
Quando a cítara tristonha
Por si só se põe a soar;
E eu ali como quem sonha.

Eis que agora é a hora certa,
Eis que é certo este lugar;
Ei, com a audácia destes lábios,
Hei de o dito pronunciar.

Ouça, moça, é o fim do dia,
Ouça as doze badaladas,
Rios e pinhos, quão ruidosos:
É a montanha despertada.

Cantam duendes, soam cítaras
Nas escarpas montanhosas,
Rompe insana a primavera,
Flor da flora mais copiosa.

Flores, flores, tantas flores,
De folhagem encantadora,
Cores mil, d'olores mil,
Qual paixão abrasadora.

Rosas, rubras como chamas,
Ardem em meio ao alvoroço;
E as colunas de açucena
Alçam ao céu o seu colosso.

Cada estrela, grão solar,
Olha ardente de saudade,
Nos cálices da açucena
Deita fios de claridade.

Veja agora, minha querida,
Fomos ambos transformados;
Mil archotes, ouro e seda
Reluzem por todo lado.

Pois você virou princesa,
Nossa casa, um castelo,
Pajens, ginetes e damas
Dançam e se refestelam.

E eu, de ti e do castelo,
Eu de tudo me apodero.
Tambor e trombetas rendem-se
A mim, que eu aqui impero.

O sol já começava a nascer. As brumas iam desaparecendo como fantasmas em fuga ao terceiro canto do galo. Punha-me novamente a subir e descer as montanhas e o sol erguia-se todo belo à minha frente, revelando belezas sempre novas. O espírito da montanha me obsequiava claramente — sabia, por certo, que um sujeito tão dado à poesia é capaz de recontar muita coisa bela — e, nessa manhã, deixava-me entrever seu Harz como nem toda gente o via. Mas também o Harz me via como apenas poucos me viram — as mais raras pérolas cintilavam tanto em meus cílios como na relva do vale. O orvalho do amor umedecia meu rosto, os pinheiros murmurantes me compreendiam, seus galhos se afastavam uns dos outros, moviam-se para cima e para baixo, como homens que, mudos, demonstram sua alegria com as mãos. Um som maravilhosamente misterioso tinia ao longe, como o tintilar dos sinos de uma igreja perdida na floresta. Dizem ser os sininhos dos rebanhos que, no Harz, ressonam tão pura e encantadoramente afinados.

    Pela posição do sol, já devia ser meio-dia quando me deparei com um desses rebanhos. O pastor, um rapaz loiro e gentil, disse-me que aquela grande montanha, a cujos pés me encontrava, era o velho e mundialmente conhecido Brocken.[70] Num raio de muitas horas de caminhada não havia uma casa sequer. Fiquei muito contente que o jovem me convidasse para comer ali com ele. Sentamo-nos para um *déjeuner dînatoire*, à base de queijo e pão. As ovelhinhas apanhavam as migalhas, bezerrinhos adoráveis e vistosos saltitavam ao nosso redor e, brincalhões, tilintavam seus sininhos, sorrindo-nos com seus grandes olhos de prazer. Banqueteamo-nos regiamente — meu anfitrião, aliás, parecia-me um rei de verdade. E como, até o presente momento, este foi o único rei que me deu de seu próprio pão, também quero cantá-lo regiamente:

---

    [70] Maior montanha da região do Harz e do norte da Alemanha, com cerca de 1.141 metros de altura.

[O pastorinho][71]

Eis que é rei o pastorinho,
São seu trono os verdes montes,
Cai-lhe o sol de brilho d'ouro
Qual coroa sobre a fronte.

As ovelhas, aos seus pés,
Grã lisonja, qual cruzados;
Os bezerros são fidalgos,
Que se jactam afetados.

Cabritinhos são atores
E as vacas e os pássaros,
Com seus sinos, com seus pifes,
Dão à corte seu compasso.

E as cascatas e os pinhos
Somam mais de mil sibilos:
Tão garbosa a excelsa orquestra
Que o rei cai no cochilo.

Nisso o cão do seu ministro,
Dita regras e governa,
Late alto, late fero,
Late em meio à baderna.

Quando o rei então boqueja:
— Quão difícil é meu reinar,
Ah, como eu queria agora
Minha rainha, meu lar!

---

[71] *Der Hirtenknabe* — quanto ao título do poema, vide nota 15.

Pois nos braços da rainha
Pouso a fronte imperial
E em seus olhos carinhosos,
O meu reino escomunal!

Despedimo-nos como bons amigos e, contente, continuei subindo a montanha. Logo fui recepcionado por uma floresta repleta de pinheiros que roçavam os céus, árvores pelas quais nutro todo respeito. Crescer ali não é exatamente uma tarefa fácil e certamente essas pináceas terão vivido momentos amargos em sua juventude. A montanha, aqui, é toda coberta com blocos imensos de granito e a maioria das árvores teve de desviar ou romper as rochas para, somente com muito esforço, alcançar com suas raízes algum pedaço de chão de onde pudessem retirar seus nutrientes. Há rochas por toda parte, uma sobre a outra, como se formassem um grande portal. E é sobre as rochas que se erguem as árvores, cobrindo esses portões de pedra com suas raízes nuas, que, descaindo até tocarem o chão, dão-nos a impressão de que crescem no ar. E como se crescessem junto com as rochas que as oprimem, alcançam alturas imensas e se põem mais firmemente de pé que suas colegas nascidas no solo domesticado das florestas nas terras planas. O mesmo ocorre com os grandes homens que se fortalecem e se afirmam ainda mais ao superarem as limitações e os obstáculos da vida. Esquilos corriam sobre os galhos dos pinheiros e as corças de pelagem amarelada passeavam à sua sombra. Quando vejo um animal tão dócil e nobre como este, não consigo entender como pessoas instruídas podem encontrar alguma forma de prazer em acossá-lo e matá-lo. Mais caridoso que os próprios homens, foi um desses animais que amamentou o filho lânguido da santa Genoveva.[72]

---

[72] Não se trata, aqui, de referência à Santa Genoveva (de Paris), san-

Os raios dourados do sol furavam delicadamente o denso verde dos pinheiros. As raízes das árvores formavam uma escada natural. Por toda parte espalhavam-se espessos bancos de musgo, que já iam crescendo à altura do pé. Sobre as pedras, o veludo das mais belas espécies de musgo chegava mesmo a formar um almofadado verde-claro. Frescor agradável. Murmúrio onírico de água na fonte. Aqui e acolá, fios d'água corriam sob as rochas, banhando em sua luz de prata as raízes nuas e as fibras das plantas. E a quem dá ouvidos a toda essa atividade é dado flagrar a história secreta de formação de cada uma daquelas plantas e ouvir o pulsar sereno do coração da montanha. Em alguns lugares a água jorra mais forte por entre raízes e rochas, formando pequenas cascatas. Bom lugar para sentar-se e ouvir o espetáculo de murmúrios e rumores. Os pássaros cantam suas toadas entrecortadas de saudade, as árvores sussurram com mil lábios de donzela e, com mil olhos de donzela, fitam-nos as flores raras da montanha, que parecem estender-nos sua ramagem estranhamente ancha, de folhas graciosamente recortadas. Os raios de sol jogam jocosos seu jogo cintilante, as ervas espirituosas racontam seus contos verdes, tudo ali parece como que encantado e mais e mais misterioso, um sonho ancestral ganha vida, a amada surge — ah, mas sempre torna a desaparecer tão rapidamente!

---

ta católica francesa, mas, sim, à figura lendária medieval de Genoveva de Brabante. Segundo a tradição (há variações conforme a fonte), Genoveva era uma esposa casta, que, falsamente acusada de adultério por um homem que ela preterira, foi condenada à morte. Seu executor pouparia sua vida e a deixaria fugir para a floresta, onde viveria, numa caverna, por seis anos com seu filho, a quem uma corça amamentaria, salvando-lhe a vida. A edição alemã (HKG, p. 115) explicita o nome do filho de Genoveva de Brabante: *Schmerzenreich*, versão alemã de *Benoni* (Benjamin), que significaria "filho da dor". Para evitar a referência truncada, a tradução francesa (HKG, p. 261) explicita o gentílico (Geneviève de Brabant).

Quanto mais alto se caminha montanha acima, tanto mais miúdos e franzinos os pinheiros, que parecem mesmo ir minguando aos poucos, até que restam apenas os arbustos de mirtilo, framboesa e a vegetação rasteira da montanha. Ali o ar já começa a ficar sensivelmente mais fresco e os conjuntos tão peculiares de blocos graníticos tornam-se ainda mais evidentes, atingindo, não raro, dimensões impressionantes. Bem poderiam ser as grandes bolas com que jogam os espíritos malévolos na Noite de Valpúrgis,[73] quando as bruxas, que chegam voando em seus cabos de vassoura e forcado, dão início à aventura ímpia de sua orgia, como nos faz crer a boa ama ao contar-nos suas histórias e como também se pode ver nas lindas gravuras do Fausto do Mestre Retzsch.[74] Pois sim, um jovem poeta que, cavalgando de Berlim em direção a Göttingen,[75] passasse pelo Brocken na madrugada do primeiro de maio, de certo notaria, nos recônditos daquela montanha, a presença de umas tantas damas da

---

[73] Referência à *Walpurgisnacht*, noite do dia 30 de abril para o 1º de maio, data em que, segundo a tradição católica, comemora-se o dia de Santa Valpúrgis (Valburga, ou ainda Valpurga), mas que também está associada a ritos ancestrais de celebração pagã da chegada da primavera. Nessa madrugada, segundo lenda corrente na região do Harz, bruxas e espíritos malévolos se reuniriam no alto do Brocken para cultuar o demônio. Goethe se vale dessa lenda para ambientar uma passagem importante de seu *Fausto*.

[74] Referência aos *Umrisse zu Goethes Faust*, série de 26 gravuras em água-forte publicadas em 1816 (e reeditadas em Göttingen, em 1823) pelo pintor Friedrich August Moritz Retzsch (1779-1857), em particular às pranchas de número 21 e 22, que reproduzem, respectivamente, uma cena de Fausto e Mefistófeles subindo o Brocken e uma cena da Noite de Valpúrgis.

[75] Em carta de 8 de maio de 1824, endereçada a sua irmã Charlotte, Heine menciona ter feito essa mesma viagem de Berlim a Göttingen entre os dias 29 de abril e 1º de maio de 1824.

beletrística.[76] Entretidas com uma sessão estético-literária de seu chá social, leem então sossegadamente o *Jornal da Tarde*[77] uma para a outra, aclamam como gênios universais cada um de seus bodinhos poéticos — que balem e cabriolam em torno da roda de chá — e tombam suas sentenças finais sobre todo e qualquer lançamento da cena literária alemã. Ali, tomado de horror, arrepiou-se o cabelo daquele jovem rapaz quando elas começaram a falar também de *Ratkliff* e *Almansor*,[78] negando a seu autor qualquer forma cristã de piedade — soltei as esporas no lombo do cavalo e saí dali a galope.

De fato, quando se alcança a parte superior do Brocken, não há como não pensar nas histórias hilariantes do Blocksberg,[79] especialmente na grande e mítica tragédia nacional alemã do Doutor Fausto. Tinha a nítida impressão de que o tinhoso acompanhava-me naquela subida e de que mais alguém ali tomava fôlego de modo deveras jocoso. Acho que até Mefistófeles tem lá suas dificuldades para tomar fôlego quando sobe sua montanha predileta, pois trata-se mesmo de

---

[76] Alusão irônica aos salões literários e às rodas de chá em Berlim, Viena e Dresden, organizadas por destacadas *salonières* como Elise von Hohenhausen, Helmina von Chézy, Caroline Pichler e Fanny Tarnow, entre outras personalidades da cena literária do chamado período Biedermeier (1815-1848).

[77] Provável referência ao *Dresdner Abendzeitung*, um dos primeiros veículos de divulgação da crítica de arte e da crítica literária na Alemanha e um dos mais representativos da estética das rodas de chá, a que alude ironicamente Heine.

[78] Referência a duas peças de Heine. O poeta teria lido alguns excertos de suas tragédias no salão literário de Elise von Hohenhausen, sem, porém, causar grande impacto.

[79] Blocksberg é outra designação comum para o Brocken, usada especialmente quando se faz referência à montanha como ponto de encontro de bruxas e outras criaturas.

Viagem ao Harz

uma jornada exaustiva; fiquei feliz quando finalmente pude avistar o tão almejado albergue que se ergue no alto daquela montanha: o *Brockenhaus*.

A casa, representada em tantas pinturas e gravuras famosas, consistia em uma edificação térrea, construída somente em 1800 pelo conde de Stollberg-Wernigerode, que também administrava a hospedagem. Em virtude do frio e do vento no inverno, as paredes da casa são assustadoramente espessas. O pé-direito é baixo e, do meio da construção, ergue-se uma espécie de torre de observação. Ao lado da casa há ainda duas construções menores, uma das quais servira antigamente de abrigo aos visitantes do Brocken.

Entrar no Brockenhaus provocou em mim uma sensação extraordinária, fabulosa. Após uma longa, solitária e tortuosa subida por entre penhascos e pinheirais, é como se de repente fôssemos transportados para uma casa nas nuvens. Cidades, montanhas e florestas ficaram lá embaixo e, ali em cima, reunia-se um grupo incomum, formado por pessoas desconhecidas, que, meio curiosas, meio indiferentes — como é natural em lugares como aquele —, recebem-nos quase como um companheiro aguardado. Encontrei o albergue repleto de hóspedes e, como bem convém a um homem precavido, pensei logo no pernoite e no desconforto de uma eventual cama de palha. Com voz e compleição moritura, pedi imediatamente uma xícara de chá. O Senhor Hospedeiro foi suficientemente sensato para perceber que eu, homem visivelmente doente, precisaria de um leito decente naquela noite. Providenciou-me o pouso num quartinho estreito, onde, no entanto, já se havia instalado um jovem mercador, um verdadeiro vomitivo vestido em seu sobretudo marrom.

Na grande sala de convivência, em que funcionava o refeitório, tudo era vida e animação. Encontrei estudantes de diferentes Universidades. Uns acabavam de chegar e ainda se recuperavam da jornada, outros se preparavam para a partida, fechavam seus alforjes, escreviam seus nomes no livro de visitas e ganhavam ramalhetes do Brocken das empregadas da hospedagem. Ali se beliscavam bochechas, cantava-se, pulava-se, troçava-se, alguém perguntava, outro alguém respondia... tempo bom, boa viagem, um brinde, *adieu*! Alguns dos que partiam ainda estavam embriagados e, como bêbado vê tudo em dobro, teriam prazer redobrado ao vislumbrar a paisagem na descida.

Depois de restaurar minhas forças, subi a torre de observação e lá encontrei um senhor de baixa estatura na companhia de duas mulheres, uma mais nova e outra de mais idade. A mais moça era de uma beleza incomum. Um semblante maravilhoso. Sobre os cachos, um chapéu preto de cetim em forma de elmo, com cujas penas brancas o vento flertava. Elegante, seu casaco de seda preta era tão justo que ressaltava suas formas nobilíssimas — e aquele olho grande e liberto, ali, olhando serenamente o mundo grande e liberto, lá embaixo.

Quando menino, eu não pensava senão em histórias mágicas e fantásticas. Toda bela mulher que usasse plumas de avestruz sobre a cabeça era para mim uma rainha élfica. E caso eu percebesse que a barra de seu vestido estava molhada, tomava-a como uma ninfa das águas, uma Ondina. Hoje não penso mais assim, pois, com a história natural, aprendi que tais plumas simbólicas provêm da mais tola das aves e que é muito natural a barra do vestido de uma mulher ficar molhada. Se eu, com aqueles olhos de menino, tivesse visto a referida beldade, na referida situação, no alto do Brocken, teria logo pensado: eis a fada da montanha, que acabou de lançar seu encanto e fez com que tudo lá embaixo pareça tão maravilhoso. Sim, ao primeiro olhar lançado de cima do Brocken, tudo nos parece mesmo extremamente maravilhoso, cada porção de nosso espírito apreende impressões novas, que, de natureza tão variada, não raro até contraditórias, somam-se em nossa alma como o grande emaranhado de um sentimento ainda incompreendido. Mas se logramos compreender esse sentimento em seus próprios termos, aí então nos é dado conhecer o caráter peculiar da montanha. Esse caráter é completamente alemão, no que diz respeito tanto a seus defeitos quanto a suas qualidades. O Brocken é um alemão. Com rigor germânico, de modo direto, acurado e com alcance infinito, como um imenso panorama, ele nos mostra centenas de cidades, vilarejos e povoados, situados em sua grande maioria mais ao norte, bem como as montanhas, florestas, rios e planícies em seu entorno. Mas é também por esse rigor de representação que tudo nos parece um trabalho de fina cartografia, ilustrado de modo impecável e desenhado com extrema precisão e nitidez. Beleza mesmo não há, não há paisagem com que os olhos possam de fato se alegrar. É muito comum que nós, compiladores alemães, devido a essa exatidão tão sincera com a qual queremos expressar tudo e mais um pouco, não paremos para pensar em expressar o singular de um modo belo. A montanha também tem algo dessa fleuma alemã, de sua inteligência e tolerância — e justo por conseguir enxergar as coisas tão longe, tão amplamente. Quando uma montanha destas abre seus olhos de gigante, não há dúvidas de que consegue enxergar bem mais longe do que nós, anões, que subimos suas encostas com esses olhinhos tolos. Há quem creia ainda que o Brocken seja um tanto filistino, como canta Matthias Claudius: "O Blocksberg é um senhor Filisteu!".[80] Trata-se, no entanto, de um equívoco. Por conta de sua calva, que ele vez ou outra cobre com um

---

[80] Primeiro verso de uma das quadras da canção "Rheinweinlied", de autoria do poeta e jornalista alemão Matthias Claudius (1740-1815): "*Der Blockberg ist der lange Herr Philister,/ Er macht nur Wind wie der;/ Drum tanzen auch der Kuckuck und sein Küster/ Auf ihm die Kreuz und Quer*".

capucho de neblina, o Brocken ganha ares de certo filisteísmo; como no caso de alguns outros grandes alemães, porém, isso não se dá, senão, por pura ironia. Aliás, é de conhecimento de todos que o Brocken tem seus momentos de fanfarrice e fantasia, como, por exemplo, a madrugada do primeiro de maio. É quando ele lança euforicamente pelos ares seu capucho de neblina e torna-se, tanto quanto o restante de nós, um romântico desvairado, absoluta e verdadeiramente alemão.

Tentei de pronto enredar aquela bela moça numa conversa, já que só se goza verdadeiramente das belezas naturais quando se pode falar delas imediatamente. Não era espirituosa, mas atenta e pensativa. De modos verdadeiramente distintos. Não me refiro a uma distinção comum, rígida e negativa, que sabe exatamente o que se deve deixar de fazer, mas, sim, àquela distinção rara, livre e positiva, que nos diz exatamente o que podemos fazer e que, com toda espontaneidade, oferece-nos, pelo trato fácil e seguro, a mais alta sensação de bem-estar. Para minha própria surpresa, fui desfiando um vasto conhecimento geográfico para aquela beldade sedenta de conhecimento, nomeando cada uma das cidades que surgiam no horizonte, localizando-as e apontando cada uma delas no mapa, que eu, com ar declaradamente professoral, abrira sobre a mesa de pedra que havia no miradouro da torre de observação. Algumas cidades eu não conseguia encontrar, talvez porque procurasse mais com os dedos do que com os olhos que, entrementes, orientavam-se na direção do rosto daquela moça tão graciosa, onde encontravam paragens mais belas que Schierke e Elend.[81] Era um daqueles

---

[81] Lugarejos da região do Harz, nas proximidades do Brocken. A primeira rubrica da "Noite de Valpúrgis", no primeiro *Fausto* de Goethe, ambienta a cena nas montanhas do Harz, nas proximidades de Schierke e Elend.

rostos que nunca se exaltam, raramente encantam, mas sempre agradam. Adoro semblantes como estes, que com um sorriso consolam meu coração sempre tão desventurosamente comovido.

Quanto ao tipo de relação que aquele pequeno senhor, que acompanhava as mulheres, mantinha com elas, isso não fui capaz de adivinhar. Era uma figura franzina e algo estranha. Cabeça pequena, parcimoniosamente coberta com alguns poucos fios de cabelo grisalho, que, cobrindo a testa curta, estendiam-se até seus olhos esverdeados de libélula. O nariz redondo e pronunciado contrastava com a boca e o queixo, que mais pareciam querer se esconder de medo atrás das orelhas. Seu rosto miúdo parecia ter sido moldado com a argila mole e amarelada de que se valem os escultores quando produzem seus primeiros modelos. Ao comprimir os lábios delgados, formavam-se sobre suas bochechas milhares de pequenas dobras riscadas em semicírculo. O homúnculo não dizia palavra. Vez ou outra, quando a senhora mais velha sussurrava-lhe algo de amistoso, sorria-lhe como um cão[82] de cara enrugada e constipado.

A mulher de mais idade era a mãe da mais nova — também ela era uma senhora das mais distintas. Seu olhar denunciava uma profundidade melancólica, languidamente enlevada. Os contornos de sua boca encerravam a severidade de sua devoção, ainda que a mim aqueles lábios parecessem ter sido belíssimos algum dia, quando costumavam sorrir, beijar e ser beijados com maior frequência. Seu rosto era como um códice reescrito, um palimpsesto de que rebrotavam aos poucos os versos de amor de um velho poeta grego, ocultados agora

---

[82] O termo de comparação usado por Heine, aqui, é uma raça específica de cães de companhia, menos comum no Brasil: o pug (*Mops*, em alemão), cão de pequeno porte, cara larga e enrugada, de provável origem oriental.

por debaixo da camada de tinta negra da escrita monástica de algum dos pais da igreja. Naquele mesmo ano, as duas mulheres haviam viajado com seu acompanhante pela Itália e contavam-me toda sorte de coisas belas a respeito de Roma, Florença e Veneza. A mãe não parava de falar das pinturas de Rafael na Igreja de São Pedro;[83] a filha, da ópera no *Teatro La Fenice*.[84]

A tarde caía enquanto conversávamos: o ar arrefecia-se ainda mais, o sol ia sumindo no horizonte e o miradouro da torre de observação ficava repleto de estudantes, jovens aprendizes de ofício e alguns cidadãos respeitáveis, acompanhados de suas esposas e filhas; todos se reuniam ali para observar o crepúsculo. É um espetáculo sublime, que nos move mesmo à prece. Por pelo menos um quarto de hora, toda aquela gente calou-se solenemente, observando a bela bola de fogo mergulhar no Ocidente. Os rostos todos refulgiam ao arrebol, as mãos juntavam-se espontaneamente; era como se nós, comunidade silenciosa, encontrássemo-nos na nave central de uma imensa catedral e o padre consagrasse o corpo do Senhor, enquanto o órgão de tubos vertia sobre nós um coral eterno de Palestrina.[85]

Eu estava completamente imerso naquele estado profundo e devoto de contemplação, quando ouvi alguém exclamar ao meu lado: "Como a natureza em geral é bela!".

---

[83] Heine refere-se aqui à Basílica de São Pedro, em Roma. Rafael Sanzio (1483-1520), o famoso arquiteto e pintor do renascimento italiano, foi o artista responsável por vários dos afrescos do Vaticano e por alguns dos *cartons* para tapeçarias da Capela Sistina, mas não há notícias de que tenha produzido nenhuma pintura para a Basílica de São Pedro.

[84] Referência ao *Gran Teatro La Fenice di Venezia*, principal casa de ópera de Veneza.

[85] Giovanni Pierluigi da Palestrina (nascido entre 1514 e 1529, morto em 1594), um dos mais famosos compositores de música sacra católica no século XVI.

Aquelas palavras vinham do fundo do peito inflamado de meu companheiro de quarto, o jovem mercador, o que logo me fez recobrar o estado de espírito habitual. Sentia-me agora em condições de dizer às duas mulheres muitas coisas belas sobre o pôr do sol e de acompanhá-las serenamente até seu quarto, como se nada tivesse acontecido. Permitiram-me entretê-las ainda por mais uma hora de conversação. Assim como a Terra, também nossa conversa girava em torno do Sol. A mãe disse que o Sol, ao mergulhar na neblina, parecia uma rosa incandescente que o céu, todo galante, lançava sobre o extenso e alvo véu de noiva de sua amada Terra. A filha sorriu e argumentou que essa impressão de tal fenômeno natural devia abrandar-se à medida que fosse observado com mais frequência. A mãe retificou a opinião equivocada da filha, mencionando, para tanto, uma passagem das cartas de viagem de Goethe;[86] e perguntou-me ainda se eu havia lido o *Werther*. Creio que falamos também de gatos angorás, vasos etruscos, xales turcos, macarrão e Lord Byron,[87] de quem a senhora de mais idade, aos sussurros e suspiros, recitou graciosamente vários versos que tematizavam o pôr do sol. À moça, que não entendia inglês, mas queria conhecer aqueles poemas, recomendei as traduções de minha bela e espirituosa conterrânea, a baronesa Elise von Hohenhausen.[88] E, como de costume diante de moças como aquela, não deixei passar a oportunidade de falar-lhe efusivamente sobre

---

[86] Provável referência às *Cartas da Suíça*, de outubro de 1779.

[87] Heine nutria grande interesse por Lord Byron, considerando-o um primo, "a única pessoa com quem ele se sentia aparentado", como ele próprio afirma na carta datada de 25 de junho de 1824 e endereçada a Moses Moser (HKG, p. 619).

[88] Em seu famoso salão literário, em Berlim, Elise von Hohenhausen anunciaria Heine como o "Byron alemão".

Byron e seu ateísmo, desamor, desesperança e só Deus sabe mais o quê.

Terminados tais negócios, fui dar um passeio pelo Brocken, já que a escuridão ali nunca é total. A neblina não era das mais densas e eu conseguia entrever o contorno de dois morros, chamados Altar da Bruxa e Tribuna do Diabo. Disparei minhas pistolas, mas não se produziu eco algum. De repente ouço vozes conhecidas e me vejo sendo abraçado e beijado. Eram meus colegas, que haviam partido de Göttingen quatro dias depois de mim e ficaram muito admirados de me reencontrar completamente sozinho sobre o Blocksberg. Aí foi só alegria, histórias e risos, lembranças e planos mil, enfim, um reencontro feliz!

Na grande sala de convivência já se servia o jantar. Longa mesa, com duas fileiras de estudantes famintos. De início, a típica conversa de universitários: duelos, duelos e mais duelos.

O grupo que ali se reunia era predominantemente formado por estudantes de teologia da Universidade de Halle, razão pela qual a cidade tornou-se um dos objetos centrais da conversa. Comentava-se que a vidraça da janela do conselheiro Schütz havia sido *iluminada* com precisão exegética.[89] E também que a última recepção da corte do rei de Chipre teria sido fulgorosa, que ele teria escolhido um filho natural, que ele estaria interessado num casamento morganático com uma princesa de Lichtenstein, que ele teria deposto a primeira-dama e que, comovido, o ministério todo teria chorado conforme o protocolo. Não preciso nem dizer que

---

[89] Christian Gottfried Schütz (1747-1832) foi professor da Universidade de Halle desde 1804 e coeditor da revista *Hallesche Literaturzeitung*. Quebrar lâmpadas de rua e vidraças era uma prática frequente nas manifestações estudantis da época.

isso tudo não se referia, de fato, à realeza cipriota, mas, sim, aos dignitários da cerveja e dos bares de Halle.[90] Em seguida, trouxeram à mesa a questão dos dois chineses que, há menos de dois anos, eram exibidos em Berlim e que, agora, estavam sendo adestrados para tornarem-se livres-docentes de estética chinesa em Halle. Aí começaram as piadas e alguém mencionou o caso de um alemão que, na China, teria cobrado entrada para se deixar exibir. Para esse fim, preparara-se até mesmo um cartaz, em que os mandarins Ching-Chang-Chung e Hi-Ha-Ho atestavam tratar-se de um legítimo exemplar teutônico e listavam ainda seus talentos, que consistiam principalmente em filosofar, fumar tabaco e ter paciência. O cartaz ainda advertia que às 12 horas, horário em que o alemão costumava ser alimentado, não era permitida a visita acompanhada de cães, já que estes sempre roubavam do coitado os melhores bocados.

Um outro rapaz, que era membro de uma irmandade estudantil[91] e passara um período de purificação[92] em Berlim, não parava de falar sobre essa cidade; fazia-o, porém, de modo bastante parcial. Teria frequentado Wisotzki[93] e o

---

[90] No ambiente universitário da época era comum o uso de títulos nobiliárquicos e de referências às cortes europeias para aludir, de modo caricato, aos grupos de estudantes (cortes) que se reuniam nos bares e cervejarias (Estados, Principados) das cidades universitárias.

[91] As *Burschenschaften* são associações estudantis (irmandades) alemãs, surgidas no início do século XIX, em geral de caráter político nacionalista e conservador e guiadas por um rígido código de conduta.

[92] A referida "purificação" diz respeito, provavelmente, à "limpeza" dos vestígios de participação em alguma ação política da irmandade, já que essas associações eram proibidas.

[93] Sobre F. W. Wisotzky sabe-se, apenas, que foi proprietário de um pequeno estabelecimento comercial em Berlim, em cujo palco tinha lugar uma série de espetáculos de dança, variedades e, especialmente, um tea-

Teatro,[94] mas equivocava-se sobre ambos: "A juventude tem sempre uma palavra pronta...".[95] Falava do luxo exagerado dos trajes, dos escândalos de atores e atrizes, etc. Mal sabia aquele jovem rapaz que, sendo a aparência a coisa que mais importa em Berlim, como já parece revelar certa idiomaticidade berlinense,[96] a ostentação só teria mesmo de aflorar em toda sua expressão sobre os palcos da cidade. É por essa razão que a intendência[97] geral tem de zelar pela "cor da barba que o ator deverá usar",[98] bem como pela fidelidade do figurino, projetado por historiadores juramentados e costurado por alfaiates cientificamente instruídos. E isso tu-

---

tro de fantoches, conhecido, na época, por ironizar os acontecimentos cotidianos.

[94] Fazendo contraste com o pequeno palco do estabelecimento de Wisotzky, Heine menciona em seguida um dos palcos mais importantes e "oficiais" do teatro berlinense na época, o *Königliches Schauspielhaus*, fundado em 1821. A construção passaria por inúmeras reformas, tendo sido destruída durante a Segunda Guerra e reconstruída em seguida; desde 1994, abriga a *Konzerthaus Berlin*.

[95] Citação da terceira parte da peça "Wallenstein" (*Wallensteins Tod*, A morte de Wallenstein), trilogia dramática de Friedrich Schiller, de que Heine se vale, aqui, para marcar uma diferença de posição em relação ao discurso do jovem de quem fala.

[96] Heine utiliza, nessa passagem, a expressão "*man so duhn*", expressão idiomática de carga dialetal berlinense, que significa aproximadamente "como sói", no sentido da referência categórica a algo que explicita, como fato comum, um costume estabelecido. A superficialidade e a ostentação são traços característicos que compõem, à época, o estereótipo do berlinense.

[97] Referência indireta ao conde Carl von Brühl (1772-1837), intendente geral dos palcos reais de Berlim entre 1815 e 1828, conhecido por sua insistência exacerbada na fidelidade histórica do figurino.

[98] Alusão à fala do personagem Bottom, na segunda cena do primeiro ato da peça *Sonho de uma noite de verão*, de Shakespeare.

Viagem ao Harz

do é extremamente necessário. Pois se Maria Stuart[99] usasse um avental da época da rainha Ana, o banqueiro Christian Gumpel[100] logo reclamaria, e com razão, afirmando que isso acaba com toda a ilusão. E se Lord Burleigh[101] vestisse as calças de Henrique IV por engano, a esposa do conselheiro de guerra Steinzopf,[102] que de solteira chamava-se Lilienthau, de certo não perderia de vista tal anacronismo ao longo de toda a noite. Mas esse cuidado da intendência geral com efeitos ilusórios não se limitava a aventais e calças, estendendo-se também às pessoas que as vestiam. Assim que, no futuro, o Otelo deverá ser representado por um mouro legítimo, para cujo intento o professor Lichtenstein[103] já terá prescrito que se faça a encomenda diretamente da África. E, em *Misantropia e remorso*,[104] a protagonista Eulália será

---

[99] A peça *Maria Stuart*, de Friedrich Schiller, era uma das montagens mais famosas do intendente Brühl. Maria Stuart foi morta em 1587, já a rainha Ana da Grã-Bretanha (Queen Anne) regeu entre 1702 e 1714.

[100] Referência ao banqueiro Lazarus Gumpel (1770-1843), de Hamburgo, que a despeito de ser frequentador assíduo de espetáculos artísticos, provavelmente não teria notado a referida diferença.

[101] William Cecil (1520-1598), o Lord Burleigh, foi conselheiro real e tesoureiro da rainha Elisabete I, figurando também na peça "Maria Stuart", de Schiller. Enquanto Lord Burleigh viveu no século XVI, o reinado de Henrique IV teve lugar entre 1399 e 1413.

[102] Tudo indica tratarem-se aqui de nomes fictícios. Heine parece jogar com possíveis associações dos sobrenomes: a rudeza do sobrenome de casada da referida senhora (*Steinzopf*, em que *Stein* remete à pedra e *Zopf* à trança, mas também a algo fora de moda, na expressão *ein alter Zopf* ou, ainda, a uma leve embriaguez, na expressão *einen Zopf antrinken*) em oposição à fragilidade de seu nome de solteira (*Lilienthau*, em que *Lilie* remete a lírio, enquanto *Tau* remete a orvalho).

[103] Martin Heinrich Karl Lichtenstein (1780-1857), desde 1822 professor de zoologia em Berlim, foi o idealizador do zoológico da cidade.

[104] Trata-se de *Menschenhaß und Reue*, uma das peças mais conhecidas do dramaturgo e escritor alemão August von Kotzebue (1761-1819).

representada por uma mulher com um passado realmente suspeito; o jovem Peter, que só fala besteira a peça toda, será representado por um rapaz deveras tolo e o Desconhecido, ex-marido de Eulália, terá de ser necessariamente um verdadeiro corno manso — três figuras que, aliás, não terão de ser encomendadas da África.

Se o jovem rapaz mencionado acima já compreendera mal as complexas relações do teatro berlinense, tanto menos entenderia que, na ópera dos janízaros de Spontini,[105] tímpanos, elefantes, trompetes e tantãs são um modo heroico de despertar o espírito belicoso de nosso povo adormecido, algo que já Platão e Cícero recomendavam com muita astúcia. Mas, de tudo, o que o jovem rapaz menos compreendia era o significado diplomático do balé. Foi com algum esforço que mostrei a ele como havia mais política nos pés de Hoguet[106] do que na cabeça de Buchholz,[107] como todos os seus passos de balé significavam uma negociação diplomática, como cada um de seus movimentos coreográficos tinha uma implicação política. Por exemplo: que Hoguet teria em mente nosso ministério, quando, inconformadamente inclinado, estica as mãos para a frente; que pensaria no parlamento, quando, sem sair do lugar, gira mais de cem vezes sobre um só pé; que se referiria aos monarcas de pequenos principados, ao dar passos bem pequenos como se tivesse as pernas atadas; que retrataria o equilíbrio de poder na Europa, quando cambaleia

---

[105] Referência à ópera *Olímpia*, de Gaspare Luigi Pacifico Spontini (1774-1851), compositor e maestro italiano, sobre cuja pompa nas encenações operísticas Heine se manifestaria reiteradas vezes em seus escritos.

[106] Michel-François Hoguet (1793-1871) foi coreógrafo e bailarino solista da *Berliner Staatsoper*.

[107] Paul Ferdinand Friedrich Buchholz (1768-1843) foi um escritor alemão. É considerado um dos precursores do pensamento sociológico e positivista na Alemanha.

de um lado para o outro como um ébrio; que aludiria à imagem de um importante Congresso, quando entrelaça cada um dos braços em arco, formando um novelo; e, por fim, como representaria nosso grande amigo do leste,[108] quando se ergue pouco a pouco até a extensão máxima de seu corpo, mantém-se por longo tempo nessa posição e, de súbito, rompe num salto dos mais assustadores.

Logo caíram as escamas dos olhos do jovem rapaz.[109] Agora ele conseguia entender melhor por que bailarinos são mais bem pagos do que grandes poetas, por que o balé é assunto inesgotável em conversas do corpo diplomático e por que frequentemente alguma bela bailarina é entretida extraoficialmente por um ministro, que se esforça dia e noite para torná-la mais sensível a seu sistema político. Por Ápis![110] Como no teatro é imenso o número de frequentadores exotéricos e quão ínfimo o de frequentadores esotéricos! Daí que o povo estúpido fique lá, olhando boquiaberto, admirando saltos e giros, estudando anatomia nas posições de Madame Lemière,[111] aplaudindo os *entrechats* da solista Röhnisch,[112] tagarelando sobre graça, harmonia e quadris — ninguém percebe, porém, que naquelas cifras coreográficas evidencia-se o destino da pátria alemã.

Enquanto a conversa corria, nenhum dos estudantes perdia de vista o senso prático, de modo que as discussões se

---

[108] Referência a Alexandre I da Rússia, o czar Alexandre I Pavlóvitch Romanov (1777-1825).

[109] A construção ecoa a formulação bíblica em *Atos dos Apóstolos* capítulo 9, versículo 18, que narra a passagem em que Saulo, cego desde que avistara Jesus na estrada de Damasco, recupera a visão.

[110] Nome do touro sagrado da cidade egípcia de Mênfis que simbolizava a força vital e geradora da natureza.

[111] Famosa bailarina solista da *Berliner Oper*.

[112] Bailarina solista dos palcos berlinenses.

seguiam sempre na companhia sincera de um prato enorme e transbordante de carne e batata. A comida, no entanto, era ruim.

Comentei isso *en passant* com o rapaz que estava ao meu lado — com um sotaque que se anunciava suíço, o jovem respondeu-me rudemente, dizendo que nós, alemães, desconhecíamos tanto a verdadeira liberdade quanto a verdadeira humildade. Dei de ombros e disse-lhe que, em toda parte, os verdadeiros lacaios dos príncipes[113] e os fazedores de guloseimas são todos suíços — e que é assim que os suíços são conhecidos mundo afora. Disse-lhe também que seus heróis suíços da liberdade, que empapuçam o público com sua bravura política, para mim não passavam de coelhinhos. Coelhinhos que, nas feiras anuais, dão tiros de pistola e impressionam crianças e camponeses com sua bravura, mas que, ainda assim, não passam de coelhinhos.

O filho dos Alpes certamente não tinha dito aquilo de má fé: "... era um homem gordo, portanto, um bom homem", como dizia Cervantes.[114] Já o rapaz que estava sentado do meu outro lado, um estudante da cidade de Greifswald,[115] sentiu-se muito espicaçado pela fala do suíço. Enquanto asseverava que a força de vontade e a simplicidade alemãs ainda não se haviam apagado de todo, batia em seu peito retumbante e esvaziava um jarro gigantesco de cerveja de trigo. O suíço tentava acalmar os ânimos: "É que, veja... então...". Mas quanto mais apaziguante ele soava, mais se exaltava o

---

[113] Heine se refere, aqui, ao frequente envolvimento de personalidades suíças nas relações da realeza europeia no século XIX.

[114] Citação livre de uma passagem do segundo capítulo do primeiro livro do *Quixote*, de Cervantes, em que se faz referência a um estalajadeiro como "*hombre que por ser muy gordo era muy pacifico*".

[115] Os estudantes de Greifswald eram frequentemente caçoados, na época, pelo caráter particularmente reacionário de sua associação estudantil, sua *Pomerania*, e pela pequenez de sua Universidade.

estudante de Greifswald. Era um homem do tempo em que os piolhos faziam a festa e os barbeiros temiam morrer de fome. O cabelo comprido cobria-lhe os ombros, usava um barrete cavaleiresco, uma capa preta à antiga moda alemã, uma camisa suja, que ao mesmo tempo exercia a função de colete; e, por baixo de tudo, levava ainda um medalhão com uma mecha de pelos do cavalo branco do marechal Blücher.[116] Parecia, enfim, um bufão em tamanho natural. Gosto de alguma agitação durante o jantar e, por isso, deixei-me enredar em sua conversa patriótica. Ele defendia a ideia de que a Alemanha tinha de ser dividida em 33 *Gauen* ou distritos.[117] Eu, diferentemente, sustentava que deveriam ser 48: porque assim se poderia escrever um manual mais sistemático sobre a Alemanha; e porque era necessário aproximar a vida da ciência. O colega de Greifswald também era um bardo alemão e, conforme me confidenciara, estaria trabalhando em um poema heroico nacional para exaltar Hermann[118] e a batalha que leva seu nome.[119] Dei-lhe algumas boas dicas para a composição da epopeia. Disse-lhe que, com versos mais empapados e quebrados, poderia aludir à qualidade aliterante dos nomes dos banhados e das veredas acidentadas da Floresta de Teutoburgo. E, também, que seria de uma

---

[116] Gebhard Leberecht von Blücher (1742-1819) foi um marechal alemão, famoso por liderar as tropas prussianas contra Napoleão.

[117] Ideia que circulava nos meios nacionalistas desde a dissolução do Sacro Império Romano-Germânico.

[118] Conhecido, na tradição latina, como Arminius (Armínio).

[119] Trata-se da *Hermansschlacht* (Batalha de Hermann), também conhecida em português como "Batalha da Floresta de Teutoburgo", que teria ocorrido entre os germanos e os romanos no ano 9 d.C. O evento também é referido como *Varusschlacht* (Batalha de Varo) ou *Varusniederlage* (Derrota de Varo ou Desastre de Varo). Note-se que já a escolha do nome de referência ao evento marca uma determinada perspectiva narrativa da batalha.

sofisticação patriótica única fazer com que Varo e seus romanos falassem sempre os maiores despropósitos. Espero que, com o mesmo sucesso que outros poetas berlinenses, ele também consiga se valer de tais adereços artísticos, levando-os até o limite do inimaginável.

Em nossa mesa ficavam todos cada vez mais à vontade e barulhentos. A cerveja dava lugar ao vinho, as jarras de ponche fumegavam, bebia-se, brindava-se, cantava-se. Ressoavam a velha *Landesvater*,[120] canções magníficas de W. Müller, Rückert, Uhland, etc.,[121] as belas melodias de Methfessel.[122] Mas o que melhor soava eram as palavras tão alemãs de nosso Arndt: "Deus, que fez brotar o ferro, vassalos não queria!".[123] Também a montanha bramia lá fora com garbo varonil, como se nos acompanhasse o canto com seu brado retumbante. Alguns dos colegas mais cambaleantes chegavam mesmo a afirmar que a montanha estaria balan-

---

[120] Canção estudantil entoada em exaltação da pátria e da confraternização entre os estudantes.

[121] Wilhelm Müller (1794-1827), Friedrich Rückert (1788-1866), Johann Ludwig Uhland (1787-1862): poetas alemães, a partir de cujos poemas seriam compostas inúmeras canções (*Lieder*).

[122] Albert Gottlieb Methfessel (1786-1869), professor de música, maestro e compositor alemão, musicaria o ciclo de poemas de Heine intitulado *Nova Primavera* (*Neuer Frühling*).

[123] Ernst Moritz Arndt (1769-1860) foi um poeta e político alemão. É autor do poema nacionalista e belicoso que, posteriormente musicado por Albert Methfessel, daria origem à *Vaterlandslied*, uma das canções patrióticas mais conhecidas em alemão. Escrita em 1812, no contexto das batalhas de libertação contra o jugo napoleônico, a canção se tornaria imediatamente popular entre os membros de associações estudantis e, no século XX, ganharia novo apelo tanto durante a I Guerra Mundial quanto durante o regime nazista. As palavras citadas se referem ao primeiro dístico da primeira de um total de seis estrofes (oitavas) que compõem a referida canção: "*Der Gott, der Eisen wachsen ließ, der wollte keine Knechte*".

çando alegremente sua imensa calva, razão pela qual a sala inteira nos parecia agora estar girando, girando. Garrafas cada vez mais vazias, cabeças cada vez mais cheias. Um vociferava, outro assoviava seus flauteios, um terceiro declamava alguns versos de *Culpa*,[124] um quarto falava latim como o vinho,[125] um quinto pregava sobre a temperança e um sexto subira em uma cadeira e prelecionava: "Senhores, a Terra é um cilindro arredondado, os seres humanos são pequenos pinos individuais, espalhados aparentemente ao acaso sobre sua superfície. Mas o cilindro gira, os pinos esbarram aqui e acolá, vibram, tilintam, uns mais frequentemente que outros, e produzem a música maravilhosa e complexa que chamamos de história universal. Por isso, trataremos, aqui, primeiro da música, depois do universo e, por fim, da história. Esta, no entanto, será subdividida em história positiva e cantárida..." — e assim seguia adiante, com seus propósitos e despropósitos.

Um rapaz jovial e bonachão da região de Mecklenburg, que mergulhava o nariz em seu copo de ponche e ria feliz ao aspirar o vapor da bebida, observou que se sentia como se estivesse de novo diante do espetacular *buffet* do teatro de Schwerin![126] Outro segurava o copo como uma luneta e parecia observar-nos atentamente, enquanto o vinho corria-lhe pelas bochechas e sumia boca adentro. O rapaz de Greifswald, tomado agora de súbito entusiasmo, agarrava-se em

---

[124] *Die Schuld*: famosa tragédia publicada, em 1816, pelo jurista e escritor Adolf Müllner (Amandus Gottfried Adolf Müllner, 1774-1829). A peça se tornaria paradigmática do subgênero dramático alemão conhecido como "drama de destino" (*Schicksalsdrama* ou *Schicksalstragödie*), de extremo pendor fatalista.

[125] Do provérbio alemão: *Wein spricht Latein*.

[126] Cidade da região de Mecklenburg, no norte da Alemanha, atual capital do estado de Mecklenburg-Vorpommern.

meu peito aos gritos: "Oh, será que você não entende que estou amando? Que sou um homem feliz e que de novo sou amado? E maldito seja eu mesmo, pois que ela é uma garota bem formada e bem fornida, de seios fartos, sempre de vestido branco... e toca piano". Já o suíço choramingava, beijava ternamente minha mão e não parava de se lamentar: "Oh, *Bäbeli*! Oh, *Bäbeli*!".[127]

No meio de toda aquela agitação, em que pratos e copos estavam prestes a aprender a voar, notei a presença de dois rapazes que se sentavam bem à minha frente, belos e pálidos como duas estátuas de mármore: um deles semelhava um Adônis, o outro parecia mais um Apolo. Mal se podia perceber o leve rubor que o vinho produzira em seus rostos. Como se pudessem ler-se um nos olhos do outro, perdiam-se num olhar infinitamente amoroso. E algo refulgia em seus olhos, como se neles houvessem caído umas poucas gotas de luz daquela concha de amor ardente, que um anjo piedoso, lá em cima, leva de uma estrela à outra. Falavam baixinho, com voz trêmula e melancólica. E contavam histórias tristes, que ganhavam corpo num tom estranhamente dolente. "Agora Lore também está morta", disse um dos rapazes, aos suspiros. Após uma pequena pausa, ele mesmo contou a história de uma garota da cidade de Halle. Apaixonada por um estudante que deixara a cidade, a moça não falava mais com ninguém, comia pouco, chorava dia e noite e passava as horas olhando fixamente o canário que seu amado lhe presenteara um dia: "Morreu o pássaro, e logo em seguida morreu também Lore!", assim ele parecia encerrar a narrativa. Os rapazes mergulharam novamente em seu silêncio soluçante, como se seus corações quisessem rebentar peito afora. Então, o outro rapaz tomou a palavra: "Minh'alma se entristece!

---

[127] Expressão terna de afeto em uma variante marcadamente suíça da língua alemã, que significa algo como: "Oh, meu bebê, meu bebezinho".

Vem comigo, saiamos daqui e mergulhemos no breu fundo da noite! Quero respirar o hálito das nuvens e o brilho do luar. Tenho por ti tanto amor, companheiro de minha dor, tuas palavras ressoam em meu peito, ecoam o sussurro dos ventos, reboam o murmúrio dos córregos... mas minh'alma se entristece!".[128]
Enlaçando um o pescoço do outro, levantaram-se os dois rapazes e deixaram a balbúrdia da sala de convivência. Segui-los e os vi entrar num quarto escuro, em que um dos rapazes, ao invés de abrir a janela, abria a porta de um grande guarda-roupa. E vi também como ambos, postados diante do móvel e de braços melancolicamente abertos, revezavam suas falas: "Oh, ares da noite escura", clamou o primeiro, "vossos frescores reviçam minha face! Meus cachos voejam, são vosso brinquedo! Brumoso o cume sobre o qual me ergo; a meus pés, dormem as cidades dos homens e rutilam as águas azuis. Ouve, companheiro! Os pinhos rumoram lá embaixo no vale! Lá em cima dos morros, no ruço das névoas, correm ancestres espíritos. Oh, pudesse eu caçar contigo, escanchado em nuvens anchas de corcel, varando a noite tempestuosa, por sobre mares oceanos, até um confim de estrelas. Mas não! Pesa-me pesarosa a dor... e minh'alma se entristece". O outro rapaz, a seu lado, também abria os braços diante do guarda-roupa. No desbragar de sua melancolia, lágrimas se precipitavam de seus olhos e, dirigindo-se a uma calça atrigueirada, que tomava pela lua, dizia em sua voz condoída: "Como és bela, filha dos céus! Quão graciosa é a serenidade de tuas feições! Andas por aí, em toda sua blandícia! Estrelas seguem o rumo azul de teu Oriente. Diante de ti as nuvens se aprazem

---

[128] Nesta e nas falas seguintes dos dois rapazes, Heine parodia o tom hiperbólico e a melancolia lírica emblemáticos do estilo ossiânico — relativamente trivial na época — e, com isso, também certo tom marcante do *Werther*, de Goethe.

e vão rareando suas formas obscuras. Quem se te assemelha nos céus, filha da noite? Estrelas se envergonham em tua presença e míngua o verde luziluz de seus olhos. Mas quando a manhã empalidece teu semblante, para onde foges, abandonando teus caminhos? Tens como eu tenho um paço todo teu? Moras nas sombras da tristeza? E tuas irmãs? Haveriam caído dos céus? Elas, que atravessam contigo a alegria da noite — elas não mais são? Caíram, sim, oh, bela e luminosa, e tu te escondes vez ou outra para chorar sua ausência. Olha que a noite ainda vem e também tu não mais serás e terás deixado lá em cima os azuis de teus rumos. As estrelas, então, recobrarão o verde de seus semblantes, antes à míngua em tua presença — e elas se alegrarão. Mas, por ora, ainda segues vestida no esplendor de teu luar e, dos portões dos altos céus, lança-nos teu olhar. Oh, ventos, rompei as tantas nuvens, fazei luzir em seu fulgor a filha da noite, para que faça refulgir a densa relva sobre os morros, para que banhe, em sua luz, a escuma argentina nas franjas dos mares!".

Um de meus amigos, que não era dos mais magros e bebera mais do que comera — ainda que, naquela noite, como de costume, já tivesse dado conta de uma bela porção de carne, de que bem se teriam servido seis oficiais da guarda e uma criança inocente —, surgiu de súbito no quarto, no transbordo de seus humores — para não dizer *à la mode* de um porco gordo —, empurrou bruscamente os dois colegas elegíacos para dentro do armário, saiu derrubando tudo em direção à porta da casa e, lá fora, continuou seus estragos da maneira mais espalhafatosamente mortífera. O barulho na sala fundia-se cada vez mais numa imensa massa surda e confusa. Os dois rapazes no armário aiavam e gemiam, lamentando-se por terem sido destroçados ao pé da montanha. De suas gargantas rebrotava em jorro o vinho tinto e inundavam-se reciprocamente, dizendo um ao outro: "Adeus! Sinto que dessangro. Por que me despertas, ar primaveril? Tu me acarinhas e dizes cobrir-me com as gotas de orvalho descaídas do céu. No entanto, cada vez mais se me achega o tempo do fenecer e tanto mais me acerco do temporal, que me destruirá folha por folha! Amanhã virá o viajante, virá aquele que me viu em minha beleza, seu olho procurará por mim nos campos, em toda parte, mas não mais me encontrará". De tudo, porém, o mais que se ouvia era a voz grave e conhecida de meu amigo, que, ainda lá fora, diante da porta da casa, entre praguejos e desconjuros, reclamava por não haver restado uma única lâmpada acesa em toda a escuridão da Rua Weende, de modo que não se podia nem mesmo ver de quem era a vidraça que se estava por estilhaçar.

Em geral aguento bem o tranco — a modéstia não me permite mencionar o número de garrafas — e, ainda em bom estado, consegui chegar a meu quarto. O jovem mercador já se encontrava em sua cama, com sua touca cor de giz e seu pijama açafranado de flanela hospitalar. Como ainda não pegara no sono, tentou entabular comigo uma conversa. O sujeito era de Frankfurt-am-Main, portanto, falou-me logo dos judeus, que teriam perdido todo senso de beleza e nobreza e, agora, vendiam mercadorias inglesas por um valor 25% abaixo de seu preço de fábrica. Bateu-me uma vontade de mistificá-lo um pouco: disse-lhe que era sonâmbulo e que, em vista disso, tinha de pedir-lhe desculpas por antecipação, para o caso de eu, no meio da noite, querer incomodá-lo em seu sono. Por essa razão, como me confessaria no dia seguinte, o pobre homem não teria pregado os olhos, com receio de que, mergulhado em meu sonambulismo, eu pudesse provocar alguma desgraça com minhas pistolas que deixara ao lado da cama.

A verdade é que não tive noite melhor, também acabei dormindo muito mal. Imagens fantasiosas, medonhas e desoladoras. Uma peça para *pianoforte* inspirada no *Inferno*, de Dante. Cheguei mesmo a sonhar que assistia à apresentação de uma Ópera Jurídica chamada *Falcidia*,[129] com libreto de Gans,[130] nos conformes do que estabelece o Direito das Sucessões, e música de Spontini.[131] Sonho desvairado. O Fórum Romano estava maravilhosamente iluminado. Servilius Asinius Göschenus,[132] na figura do pretor em sua cadeira, deixava cair de lado sua toga em dobras soberbas e derramava-se num recitativo estrondoso. Marcus Tullius Elversus,[133] na figura da *Prima Donna legataria*, revelava sua graça e feminilidade ao cantar, todo derretido, a ária de bravura *quicunque civis romanus*.[134] Estagiários bem maquiados, em tons vibrantes de vermelho tijolo, esgoelavam-se fazendo as vezes de um Coral de Menores. Livres-docentes, vestidos como gênios em uniforme cor da pele, dançavam uma coreografia antijustiniana[135] e coroavam de flores as doze tábuas

[129] Referência à *Lex Falcidia*, promulgada em Roma, em 44 a.C., pelo tribuno Falcidius. A lei regulamentava o direito de sucessão, definindo que a quarta parte de qualquer herança ficava assegurada ao herdeiro de direito.

[130] Referência a Eduard Gans (1797-1839), jurista alemão que publicaria, entre 1824 e 1835, obra de referência sobre o Direito de Sucessão.

[131] Nova referência a Gaspare Luigi Pacifico Spontini (1774-1851), compositor de óperas e maestro italiano, bastante famoso em sua época. O pano de fundo do sonho narrado por Heine lembra sua ópera *La Vestale* (1807), que também se passa no Fórum Romano.

[132] Referência a Johann Friedrich Ludwig Göschen (1778-1837), professor de Jurisprudência em Berlim e depois em Göttingen, representante da Escola do Direito Histórico.

[133] Referência a Christian Friedrich Elvers (1797-1858), professor *extraordinarius* de Jurisprudência em Göttingen, também representante da Escola do Direito Histórico, especialista em Direito de Sucessão.

[134] A expressão significa "todo cidadão romano".

[135] Referência ao Direito Romano antes de sua sistematização por Justiniano I (483-565). O chamado Código Justiniano reunia todas as constituições da época do Império desde Adriano e, entre outras questões, garantia plenos poderes à figura do imperador.

da lei.[136] Entre raios e trovões, surgia então das profundezas da terra o espírito ofendido da *Lex Romana*. Ao fundo: trombetas, tambores, chuva de fogo, *cum omni causa*.[137] Fui despertado em boa hora pelo estalajadeiro, que me chamava para ver o nascer do sol. No miradouro da torre de observação, alguns dos curiosos já estavam bastante impacientes e esfregavam as mãos para apartar o frio. Outros, que ainda traziam o sono fundo nos olhos, subiam cambaleantes as escadas de acesso. Finalmente o grupo da noite anterior, agora apascentado, encontrava-se de novo totalmente reunido e, em silêncio, observávamos como se erguia no horizonte a pequena esfera carmesim, recobrindo tudo aos poucos com seu fulgor crepuscular de inverno. As montanhas pareciam flutuar sobre um mar branco e efervescente e só se podiam ver seus cumes, de modo que tínhamos a impressão de estarmos sobre um pequeno morro em meio à imensa planície inundada, onde aqui e acolá despontavam uns poucos torrões de terra seca. Para registrar em palavras o que via e sentia, esbocei o seguinte poema:

[No alto do Brocken][138]

Nasce o sol já nascedoiro,
Levanta-se o lume ao leste.
Altos picos varam altivos
As névoas dum mar celeste.

---

[136] Referência à Lei das Doze Tábuas (*Lex Duodecim Tabularum*), preparadas em torno de 450 a.C. Representando o conjunto de códigos mais ancestral a que remontava a lei romana, fundava a constituição vigente na época da República.

[137] Antiga fórmula jurídica romana, que significa algo como "com tudo o que lhe concerne".

[138] *Auf dem Brocken* — quanto ao título do poema, vide nota 15.

Eu, com botas sete léguas,[139]
Partia numa lufada,
Sobre cumes, sobre picos,
Para o seio de minh'amada.

Junto ao leito onde ela dorme,
Por um vão do sobrecéu,
Beijaria a doce fronte
E os rubis dos lábios seus.

Bem baixinho então diria,
Na açucena dos ouvidos:
— Sonha, amor, que nos amamos,
Não nos damos por perdidos.

Nesse meio-tempo, bateu-me também a saudade de um bom desjejum e, depois de ter feito mesuras às duas senhoras que conhecera no dia anterior, apressei-me na direção da sala aquecida do refeitório, para tomar meu café. Já era mesmo hora: meu estômago parecia tão esvaziado quanto a igreja protestante de Goslar.[140] Mas a beberagem arábica fez correr um calor pérsico por todo meu corpo, rosas do Oriente envolviam-me em seu olor, alto já se erguia o rouxinolear doce dos bulbulos,[141] os estudantes haviam se metamorfoseado

---

[139] As "botas de sete léguas" fazem referência ao motivo das botas mágicas, presente, por exemplo, na obra *A história maravilhosa de Peter Schlemihl* [*Peter Schlemihls wundersame Geschichte*] (1813), do poeta romântico alemão Adelbert Von Chamisso (1781-1838). Vide nota 54.

[140] Heine menciona, aqui, a já referida Igreja de Santo Estêvão [*Stephanskirche*] para aludir ao vazio iconoclástico das igrejas protestantes, que não têm imagens de santos como as congêneres católicas.

[141] Referência a elementos das *Östliche Rosen*, de Friedrich Rückert

em camelos, as empregadas da estalagem eram huris no míssil de seus olhares, ¹⁴² os narizes dos filisteus despontavam como os mais altos minaretes, e assim por diante. Mas o livro ao meu lado não era o Alcorão. Continha, é verdade, uma dose razoável de contrassenso. Era o chamado *Livro do Brocken*, um livro de visitas em que todo viajante que sobe a montanha registra seu nome. A grande maioria escreve ali também seus pensamentos e, na carência destes, suas impressões. Alguns chegam a arriscar uns versos. Num livro como este é que se veem as atrocidades que surgem quando, em ocasião propícia, como aqui sobre o Brocken, a turba de filisteus resolve ser poética. Nem mesmo o palácio do príncipe da Pallagonia dispõe de itens de gosto tão duvidoso como esse livro, em que se sobressaem: a elação mofina dos senhores coletores de impostos, os derramamentos patéticos e efusivos dos aprendizes de comerciante, os lugares comuns do patriotismo na voz de diletantes da revolução teutômana, as frases desventuradas de professores berlinenses, e assim por diante. O Senhor João N. Inguém também quer se mostrar escritor: ora em descrições do espetáculo majestoso do nascer do sol, ora em queixas sobre o mau tempo, sobre a frustração das próprias expectativas, sobre a ne-

---

(tradução de poemas da tradição lírica persa), como a do pássaro canoro asiático, o bulbulo (de *bülbül*, termo persa para rouxinol, também: bulebule, borbulo,) e das huris, beldades do paraíso muçulmano. A obra tradutória de Rückert logo alcançaria grande repercussão, despertando o interesse de Heine, bem como de várias outras figuras importantes da cena literária alemã, como Goethe, que, impactado pela leitura do *Divan* de Hafiz, em tradução de Rückert (1814), produziria, entre 1819 e 1827, seu *Divã ocidental-oriental*, obra máxima da lírica tardia do bardo alemão.

¹⁴² Heine se refere a um *Congrevischen Blick*, a um olhar *a la Congreve*, referência indireta — aqui, em sentido figurado — ao poderoso foguete de propulsão, inventado pelo físico e general de artilharia inglês Sir William Congreve (1772-1828).

blina que bloqueia toda e qualquer vista. "Subimos com neblina e descemos enevoados", eis a piada mais recorrente, contada e recontada centenas de vezes. O livro todo cheira a queijo, cerveja e tabaco — até parece que estamos lendo um romance de Clauren.[143] Enquanto bebia aquele meu café e folheava as páginas do *Livro do Brocken*, o colega suíço ressurgiu no refeitório com suas bochechas escarlates e, deveras entusiasmado, pôs-se a contar sobre o espetáculo sublime que acabara de desfrutar na torre de observação. Dizia-nos que a luz pura e plácida do sol, símbolo da verdade, havia lutado contra as massas de névoa noturna e que tudo se lhe teria assemelhado a uma batalha fantasmagórica, em que gigantes furiosos desembainhavam suas longas espadas, cavaleiros d'armas lançavam-se ao ataque, empinando seus briosos corcéis; carros de guerra, estandartes panejantes e os animais mais fabulosos adensavam o alvoroço, até que, por fim, tudo revolvia numa só voragem desvairada, esvaecia pouco a pouco em seu palor e sumia sem deixar vestígios. Eu mesmo não presenciei tais manifestações demagógicas da natureza, mas, para o caso de qualquer sorte de investigação,[144] posso assegurar e dou fé: não sei de nada a não ser do bom sabor do café preto que eu bebia. O qual, aliás, foi também o culpado por eu ter me esquecido da bela moça com quem conversara e que estava à porta do albergue, com sua mãe e o acompanhante, prestes a partir em sua carruagem. Mal tive tempo de dizer-lhe o quanto estava frio. A moça parecia contrariada por eu não a ter procurado mais cedo, mas logo desfranzi as belas dobras

---

[143] Pseudônimo do escritor alemão Carl Gottlieb Samuel Heun (1771-1854), cuja obra era objeto frequente de escárnio por parte da crítica da época.

[144] Heine parece aludir ironicamente à desconfiança dos governos, na época, diante de qualquer forma de "manifestação demagógica".

de desalento em sua testa, ao presentear-lhe com a flor rara e deslumbrante que havia colhido, no dia anterior, na beira de um perigoso penhasco. A mãe queria saber o nome da flor, como se julgasse impróprio que a filha carregasse em seu peito uma flor estranha e desconhecida — a flor, de fato, ocuparia esse lugar invejável, com o qual, por certo, nem sequer sonhara no dia anterior, na solidão de suas alturas. De repente o acompanhante silencioso resolveu abrir sua boca, contou o número de estames da flor e disse, muito secamente, que pertencia à oitava classe do sistema taxonômico de Lineu.

Sinto-me incomodado toda vez que percebo como até as flores tão amadas de Deus são classificadas, assim como nós mesmos, em castas — e com base em meras semelhanças externas, a saber, na diferença de seu número de estames. Ora, se é para classificar alguma coisa, então que se siga logo a sugestão de Teofrasto,[145] que pretendia classificar as flores segundo seu espírito, ou seja, com base em seu perfume. No que me diz respeito, tenho meu próprio sistema nas ciências naturais, a partir do qual classifico tudo em duas categorias: aquilo que se pode comer e aquilo que não se pode comer.

A senhora de mais idade não se mostrou nem um pouco receptiva à natureza misteriosa das flores e, muito espontaneamente, disse-nos que, para ela, flores eram objeto de grande alegria quando em seus jardins ou vasos, mas que uma leve e inquietante dor fremia-lhe fundo no peito quando deparava uma flor colhida, já que se tratava, na verdade, de um cadáver — e um cadáver de flor, como aquele, deixa pender tão inconsolavelmente sua cabecinha murcha, que lembra uma criança morta. A senhora ficou visivelmente horrorizada diante da triste recordação que sua própria observação evo-

---

[145] Referência a Theophrastus Bombastus von Hohenheim (1493-1541), chamado Paracelso.

cara, de modo que me senti na obrigação de distraí-la com alguns versos de Voltaire. Ah, como algumas boas palavras em francês são capazes de trazer nossos humores de volta aos limites da conveniência. Rimos bastante, mãos foram beijadas, os rostos foram tomados pela afabilidade dos sorrisos, os cavalos relincharam e a carruagem partiu vagarosamente montanha abaixo.

Também os estudantes faziam seus preparativos para a partida, fechando suas mochilas e suas contas — que, além de toda expectativa, eram mais que razoáveis. As tão receptivas empregadas da hospedagem, em cujos rostos se faziam visíveis traços de amor e felicidade, distribuíam, como de costume, os ramalhetes do Brocken — que afixavam nos gorros dos estudantes — e eram recompensadas com um par de beijos ou de tostões. Assim, pusemo-nos todos a caminho, montanha abaixo. Alguns de nós, como o suíço e o estudante de Greifswald, tomaram a direção de Schierke. Os outros, algo em torno de vinte homens, entre os quais eu e meus amigos, descemos, sob a condução de um guia, pela passagem dos chamados Schneelöcher,[146] na direção de Ilsenburg.

Descemos apressadamente. Estudantes de Halle têm o passo mais acelerado que o do exército austríaco. Quando me dei conta, tínhamos deixado para trás a parte calva da montanha, com suas formações graníticas mais dispersas, e já atravessávamos uma floresta de pinheiros como a que eu vira no dia anterior. O sol derramava sobre nós seus raios mais festivos e iluminava os estudantes em suas roupas hilariamente coloridas. Os rapazes embrenhavam-se destemidamente na mata densa, sumindo de um lado e ressurgindo do outro, equilibrando-se sobre troncos caídos, que davam pas-

---

[146] Schneeloch (literalmente: buraco de neve), passagem montanhosa ao norte do Brocken, coberta de gelo e neve mesmo nos meses mais quentes do ano.

Viagem ao Harz

sagem sobre depressões mais pantanosas, e agarrando-se a raízes salientes nos penhascos mais abruptos; cantarolavam suas melodias divertidas e eram respondidos, na mesma medida, com o chilro alegre dos pássaros da floresta, o rumorejar dos pinhos, o murmúrio invisível das fontes d'água e o ressonar do eco. Quando a alegria da juventude e a beleza da natureza se encontram, a felicidade é recíproca.

Quanto mais descíamos, mais graciosamente murmurejavam as águas subterrâneas, que, sob rochas e arbustos, surgiam por um átimo, mas pareciam ficar à espreita, como se aguardassem o momento exato de dar o ar de sua graça e brotar do chão na forma decidida dum pequeno jorro. Pois algo então acontece: um mais ousado dá início e, de repente, o grande séquito titubeante, para sua própria surpresa, enche--se de coragem e avança rapidamente. Nesse mesmo instante, inúmeras outras fontes saltitam de seus esconderijos para unirem-se ao jorro da primeira e, juntas, formarem logo um curso d'água, que vai murmurejando vale abaixo por curvas, reentrâncias e um sem-número de cascatas. Eis as águas de Ilse, da bela e doce Ilse, que correm toda a extensão do vale, a que dão seu próprio nome.[147] E à medida que as águas de Ilse alcançam o sopé das montanhas, que vão se erguendo pouco a pouco às suas margens, pinheiros e coníferas dão lugar às faias, aos carvalhos e a outros arbustos mais comuns. Essas espécies são mais dominantes no Unterharz, como é chamada a região situada a leste do Brocken, diferentemente

---

[147] Partindo de sua nascente, próxima ao cume do Brocken, o pequeno rio Ilse (*die Ilse*: em alemão, o nome desse rio é feminino) entrecorta as montanhas da região norte do Harz, formando o chamado vale de Ilse (Ilsetal). Ao longo de seus 43 km de extensão, passa pela pequena cidade de Ilsenburg e pelo Ilsenstein (hoje Ilsestein), famosa formação granítica que se ergue cerca de 150 metros acima do leito do rio Ilse, para desaguar no rio Oker, na altura da cidade de Börßum.

do que ocorre em seu lado oeste, chamado Oberharz, que, de fato, é bem mais alto e, portanto, mais propício ao desenvolvimento das coníferas.

É de uma graça e de uma candura indescritível o modo como as águas de Ilse se precipitam vale abaixo por entre rochedos tão fabulosamente recortados. Ora estridulam com mais vigor e transbordam suas espumas, ora se esgueiram pelas fendas das rochas e esguicham em arcos puros, como se jorrassem de um imenso regador, ora saltitam sobre as pedras roladas do vale como uma menina irrequieta. Sim, a lenda[148] é verdadeira, Ilse é uma princesa em flor, que corre sorridente montanha abaixo. Como reluz sua veste de espumas aos raios de sol! Como fremem ao léu do vento as fitas de prata que adornam seus seios! Como luzem e cintilam seus diamantes! Nas margens, sempre a seu lado, ergue-se alto e denso o faial, como o pai sisudo que, num sorriso furtivo, observa as travessuras da filha. Bétulas brancas balouçam como tias exultantes, mas receosas diante do risco de cada salto. O carvalho orgulhoso fecha a cara, como um tio mal-humorado que tem de pagar pelo bom tempo. Nos ares, passarinhos aplaudem jubilosos e, ao longo das margens, as flores sussurram ternamente: "Oh, leva-nos junto, leva-nos contigo, querida irmãzinha!", mas a menina irrefreável saltita adiante sem descanso. Até que, de repente, Ilse arrebata o poeta sonhador e, sobre mim, desaba uma chuva de flores com seus raios troantes e estrondos radiosos; esvaem-me os sentidos diante de tamanho esplendor e não ouço senão sua voz doce e flautada:

---

[148] Na tradição popular da região do Harz, que Heine aqui tematiza, o rio (de gênero feminino) ganha corpo na figura da princesa Ilse, que faz do penhasco Ilsenstein a sua morada.

[Ilse][149]

Eu sou a princesa Ilse,
Ilsenstein é minha morada,
Vem viver no meu castelo
Vida bela e afortunada.

Quero embeber tua fronte
Com minhas vagas mais puras,
Deixa de lado tua dor,
Oh, rapaz, quanta amargura!

Em meus braços, alvo abraço,
Deita e sonha o sonho teu!
Em meu peito, todo afeito,
Sonha os contos de himeneu!

Quero beijar-te e abraçar-te,
Como beijei e abracei
Meu imperador Henrique,
Que em vida tanto honrei.

Quedam-se mortos os mortos,
E só quem vive está vivo;
Eu sou flor, eu sou tão bela,
Freme meu peito sensivo.

Vem comigo ao meu castelo,
Meu castelo de cristal,
Pajens, ginetes e damas
Dançam na corte armorial.

---

[149] *Die Ilse* — quanto ao título do poema, vide nota 15.

Roçam as caudas de seda,
Triscam as esporas de ferro,
Anões timbalam, trombetam,
Trompejam cornos aos berros.

Em meus braços te abraço,
Como fiz com o imperador,
De quem tapei os ouvidos
Ao ribombar do tambor.

    Quão infinitamente ditosa é a sensação de que o mundo real corre junto com nosso mundo interior, e as árvores verdes, o pensamento, os cantos dos pássaros, a melancolia, os azuis do céu, a lembrança e os aromas de ervas enredam-se nos mais doces arabescos. As mulheres são as que melhor conhecem esse sentimento. É por isso que se ensaia em seus lábios um sorriso graciosamente desconfiado quando nós, com altivez escolar, gabamo-nos de nossos feitos lógicos, de como somos capazes de dividir tudo elegantemente em coisas objetivas e coisas subjetivas, de como conseguimos fazer de nossas mentes uma imensa botica com mil e uma gavetas, numa das quais cabe a razão, noutra, o entendimento, numa terceira, o espírito, numa quarta, o espírito de porco, e numa quinta, absolutamente nada, ou seja, a ideia.

    Como se caminhasse mergulhado em profundo estado onírico, mal reparei que tínhamos deixado o vale de Ilse e já retomávamos o caminho ascendente, tão íngreme e penoso, que alguns de nós chegávamos a perder o fôlego. Mas como costumava fazer nosso bem-aventurado primo, hoje sepultado na cidade de Mölln,[150] fixamo-nos por antecipação na

---

[150] Mölln é uma localidade próxima à cidade alemã de Lübeck, em que, por volta de 1350, teria morrido Till Eulenspiegel, figura picaresca, farseca e irreverente do folclore medieval alemão.

imagem da descida e logo recobramos o ânimo. Até que finalmente chegamos ao rochedo de Ilsenstein. Trata-se de uma formação granítica gigantesca, que se ergue longa e resolutamente desde as profundezas. Três de suas faces encontram-se completamente rodeadas de montanhas altas e mata densa, mas a quarta, que corresponde ao lado norte, está completamente livre e, a seus pés, podem-se ver a pequena cidade de Ilsenburg e as águas de Ilse correndo em direção às terras baixas. No pico, em forma de torre, encontra-se afixada uma grande cruz de ferro e, em caso de necessidade, há lá, ainda, lugar para quatro pés humanos.

Se, pela forma e disposição, a natureza adornara Ilsenstein com encantos tão fantásticos, também a lenda saberia recobri-la de rosas. A esse respeito, Gottschalk, em seu *Guia*, dá-nos a seguinte notícia: "Conta-se que haveria existido aqui um castelo amaldiçoado, habitado pela linda e rica princesa Ilse, que ainda hoje se banharia toda manhã nas águas do rio Ilse. E aqueles que tiverem a sorte de encontrá-la em hora oportuna, serão conduzidos a seu castelo entre as rochas e recompensados regiamente!". Outros contam a bela história de amor da donzela Ilse e do cavaleiro de Westerberg, como o fez um de nossos poetas mais conhecidos.[151] Há ainda os que contam que o antigo imperador saxão Henrique é quem de fato teria desfrutado da companhia da bela ninfa, ao passar suas horas imperiais no castelo encantado. Já um escritor contemporâneo, o mui respeitabilíssimo senhor Niemann[152]

---

[151] Referência ao poema *O Ilsenstein e Westerberg no vale de Ilse* [*Der Ilsenstein und Westerberg im Ilsethale*], do tradutor, escritor e poeta alemão Theodor Hell, pseudônimo artístico de Karl Gottfried Theodor Winkler (1775-1856).

[152] Referência ao *Manual do viajante pelo Harz* [*Handbuch für Harzreisende*], publicado em 1824 por Ludwig Ferdinand Niemann (1781-1836). Com o tom jocoso da menção acima, Heine explicita, de modo caricato, uma diferença de foco e horizonte em relação a seus escritos de

— que, em seu livro de viagens pelo Harz, com uma dedicação mais do que louvável, registra com precisão a altura das montanhas, as variações do norte magnético, as dívidas de cada cidade da região e outras coisas do gênero —, relata, a esse respeito, que "tudo o que se conta sobre a princesa Ilse pertence ao domínio da fábula". Assim falam todos aqueles a quem uma princesa como esta nunca apareceu. Mas nós, que podemos contar com a simpatia de tais beldades, nós sabemos mais a esse respeito. E também o sabia o imperador Henrique. Afinal, não seria à toa a afeição dos antigos imperadores saxões por seu Harz natal. Basta folhearmos as admiráveis páginas das *Crônicas de Lüneburg*,[153] em cujas gravuras os antigos e bons senhores são tão maravilhosamente bem retratados: sempre no alto de seus corcéis, com belas armaduras e prontos para a batalha, a sagrada coroa imperial sobre a cabeça, o cetro e a espada nas mãos firmes; e nas barbas cerradas de seus semblantes, pode-se ler claramente a saudade que sentiam dos seios doces de suas princesas e do rumorejo familiar das florestas do Harz. Especialmente quando se demoravam por terras estrangeiras, terras ricas em venenos e limões como a velha Itália, para onde tão frequentemente eram atraídos eles e seus súditos, em razão do desejo de nomear-se Imperador Romano, um vício nobiliárquico verdadeiramente alemão e que levaria ao colapso o imperador e seu império.

A quem estiver no alto de Ilsenstein, recomendo, porém, que não pense em imperadores e impérios, tampouco na bela

---

viagem, marcando também uma nuance de gênero no grande espectro de publicações concebidas a partir desse motivo.

[153] Não há referências que identifiquem essa publicação com maior precisão. Heine parece amalgamar, numa referência genérica, características peculiares da crônica ilustrada, gênero bastante fecundo na Alemanha desde, pelo menos, o século XVI.

Ilse. Pensem apenas em seus próprios pés. Pois quando lá estive, perdido em meus pensamentos, ouvi de repente a música subterrânea do castelo encantado e vi como as montanhas ao redor ficavam de pernas para o ar e os telhados vermelhos da pequena cidade de Ilsenburg punham-se a dançar e as árvores verdes varavam o ar azul em todas as direções. Foi quando tudo para mim ficou verde, azul e, assaltado pela vertigem, por muito pouco não despenco abismo abaixo, o que pude evitar, por necessidade de minha alma, ao segurar firmemente na cruz de ferro. Ninguém há de me repreender por ter feito isso em situação tão dificultosa.[154]

* * *

A *Viagem ao Harz* é e continuará sendo fragmento. Os inúmeros fios coloridos, tramados com tanta beleza para, como um todo, enredarem-se mais harmonicamente, de repente são como que cortados pela tesoura inexorável de Parca. Quiçá eu os entrelace novamente em canções futuras e o que agora foi calado, parcamente, possa então ganhar voz plena. Ao fim e ao cabo, pouco importa quando e onde se diz alguma coisa, mais importante é que algum dia elas sejam ditas. Cada obra, individualmente, pode muito bem ser fragmento, contanto que, reunidas, formem um todo. E reuni-las ensejaria a ocasião de completar o que ainda carece de complemento, de aparar arestas e de amenizar o demasiadamente austero. Talvez seja este o caso nas primeiras páginas desta *Viagem ao Harz*, que de certo despertariam impressão menos amarga, caso fosse de conhecimento geral que meu descontentamento com Göttingen, que é muito maior do que pude manifestar, ainda está longe de ser comparável à imensa admiração que nutro por alguns indivíduos daquela cida-

---

[154] Alusão irônica a sua adesão ao Cristianismo, em junho de 1825.

de. E por que calá-lo? Refiro-me aqui especificamente àquele homem tão estimado, que já em meus primeiros tempos de Göttingen recebia-me tão amistosamente, que naquela época já despertava em mim um amor profundo pelo estudo da história e que, mais tarde, fortaleceria meu entusiasmo por ela, guiando-me, assim, por veredas mais tranquilas, indicando direções mais salutares para minha vida e preparando, sobretudo, aqueles lenitivos históricos, sem os quais eu não teria conseguido suportar as manifestações aflitivas de cada dia. Refiro-me a Georg Sartorius,[155] o grande homem, o grande historiador, cuja visão é estrela-guia em nossos tempos tão sombrios e cujo coração hospitaleiro abre-se às dores e alegrias de todo estrangeiro, às aflições de reis e de mendigos e aos últimos suspiros de povos e seus deuses, à beira da extinção.

Também não posso deixar de esclarecer, aqui, que o Oberharz, aquela região do Harz que eu vinha descrevendo antes de chegar ao vale de Ilse, está longe de oferecer uma vista tão agradável como o Unterharz, que é mais romanticamente pitoresco e com o qual a beleza indômita e sombria do Oberharz contrasta fortemente. Por sua vez, também os três vales do Unterharz, formados a partir das águas de Ilse, de Bode e de Selke,[156] contrastam sutilmente entre si, ao menos na medida em que se saiba atentar para as nuances de seu caráter. Três formas femininas, diante das quais é difícil decidir qual seria a mais bonita.

Quanto à doce beleza de Ilse e quão amavelmente ela me recebeu, já disse o bastante em prosa e verso. Já a bela e sombria Bode não me recebeu com a mesma brandura. Quando a vi pela primeira vez, na região metalurgicamente escura

---

[155] Georg Sartorius von Waltershausen (1765-1828), professor de História e Política em Göttingen desde 1814.

[156] Esses três rios, em alemão, são femininos.

de Rübeland,[157] pareceu-me algo carrancuda e logo se cobriu com o borriço grisado de seu véu de chuva. Mas quando alcancei o alto da Robtrappe,[158] despiu-se de repente de todos seus véus, como se fora assaltada por uma paixão súbita: seu semblante, então, passou a iluminar-se com um esplendor solar, de cada uma de suas fissuras emanava uma ternura colossal e de seus seios rochosos exalavam como que suspiros de desejo e gemidos lânguidos de melancolia. Recebeu-me menos terna, mas mais alegremente a bela Selke, a bela e virtuosa dama. Sua sóbria simplicidade e sua serena placidez afastavam qualquer traço mais sentimental, mas seu sorriso algo contido também revelava um espírito travesso. É a isso que devo atribuir a ocorrência de alguns pequenos contratempos no vale de Selke, como, por exemplo: quando quis saltar por sobre suas águas, acabei escorregando e caindo bem no meio do riacho; quando quis trocar os sapatos molhados por chinelos e alguém me havia passado a mão num dos pés — melhor seria dizer que me passaram o pé no chinelo; quando uma lufada de vento levou-me embora o gorro; quando espinhos arranharam toda minha perna na floresta, e assim (infelizmente) por diante. Mas é claro que perdoo a bela dama por todos esses contratempos, pois ela é bela. Hoje Selke surge em minha imaginação com todo seu discreto encanto e parece me dizer: "Ainda que eu só ria, desejo-lhe somente o bem, por isso peço que me cantes em teus versos". A magnífica Bode também ressurge agora em minhas lembranças e seu olhar sombrio parece me dizer: "Tu te assemelhas a mim na dor e no orgulho, por isso quero que me ames". E também a bela Ilse surge aqui saltitando, gra-

---

[157] Vilarejo às margens de Bode, cujos artesãos são conhecidos por seus trabalhos de metalurgia.

[158] Rochedo granítico de 403 metros de altura no vale de Bode [*Bodetal*], no Harz.

ciosa e encantadora no semblante, na forma e no gesto. Ela se assemelha muito à amável criatura que alegra meus sonhos. Ela me olha, assim como aos senhores, com uma indiferença irresistível e, ao mesmo tempo, tão íntima, eterna e transparentemente verdadeira — eis que sou Páris, três deusas se me apresentam, mas quem ganha a maçã é a bela Ilse.

Hoje é primeiro de maio. A primavera derrama sobre a terra seu mar de vida, a escuma branca das florescências pende das árvores e uma névoa espalha sua claridade ancha e quente por toda parte. Na cidade, as vidraças de cada casa reluzem alegremente, os pardais reconstroem seus ninhos sobre os telhados, as pessoas passeiam pelas ruas e admiram-se de que o ar esteja tão cheio de vida e, eles mesmos, tão cheios de disposição; as camponesas da região de Vierlande,[159] vestidas em seus trajes multicoloridos, carregam ramos de violetas; as crianças órfãs, com suas jaquetas azuis e seus olhares ternos e ilegítimos, desfilam alegremente pela Jungfernstieg,[160] como se finalmente fossem reencontrar um pai; o mendigo, na ponte, tem um olhar de tamanho contentamento, que é como se tivesse ganhado na loteria; e o sol banha em seus raios mais tolerantes até mesmo o comerciante moreno de produtos manufaturados,[161] que ainda não enforcaram e, portanto, circula por aí com sua cara larápia — quero sair porta afora e vagar pela cidade.

É primeiro de maio e penso em ti, minha bela Ilse — ou devo chamar-te Agnes, por preferires esse nome? —, penso em ti e queria vê-la mais uma vez, descendo esplendidamen-

---

[159] Localidade situada, atualmente, num distrito da cidade de Hamburgo, no norte da Alemanha.

[160] Famosa rua na cidade de Hamburgo, às margens do rio Alster.

[161] Heine se envolveria numa desagradável polêmica com o comerciante de Hamburgo Joseph Meyer Friedländer (1777-1846), que teria entendido as linhas acima como uma referência direta a sua pessoa.

te a montanha. Ou melhor, queria esperar por ti lá embaixo no vale e receber-te toda em meus braços. Que belo dia! Vejo o verde em toda parte, cor de esperança. Florescem flores em toda parte, como um prodígio fagueiro. E também meu coração quer florescer, coração que também é flor, flor bastante prodigiosa. Não é violeta das mais modestas, nem a rosa mais risonha, nem dos lírios o mais puro; tampouco flor das mais comuns, daquelas que, com sua gentileza bem comportada, alegram o coração feminino, deixam-se espetar belamente sobre os belos seios, fenecem hoje, mas amanhã florescem novamente. Este coração, aqui, mais se assemelha àquela flor grande e fabulosa das florestas do Brasil, que, segundo reza a lenda, floresce somente uma vez a cada cem anos. Lembro-me de, quando criança, ter visto uma flor como esta. No meio da madrugada ouvimos um estrondo, algo como o disparo de uma pistola. No dia seguinte, as crianças da vizinhança contavam que seu *Aloe*, num só estampido, rebentara em flor. Levaram-me até seu jardim e, para minha grande admiração, vi que aquela planta baixa e rija, com suas folhas disparatadamente largas e aguçadamente dentadas, em que alguém se podia machucar facilmente, havia-se lançado agora para o alto e ostentava, qual coroa de ouro, a flor mais maravilhosa. Como éramos crianças, não conseguíamos enxergar tão bem a parte superior da flor, mas o velho e sorridente Christian, que tinha por nós grande afeição, construiu uma escada de madeira em torno da planta. Subimos como gatos curiosos para espiar o interior do cálice aberto, de onde surgiam estames amarelos e emanava, em sua esplendorosa exorbitância, um perfume estranho e selvagem.

 Sim, Agnes, este coração aqui não floresce tão fácil, nem tão frequentemente. Tanto quanto me recordo, floresceu uma única vez, há muito tempo, de certo há mais de século. E ainda que tenha florescido então de modo tão magnífico, creio que a falta de luz do sol e de calor tenha feito com que atrofiasse miseravelmente, se é que não foi destruído pela violência de alguma tempestade sombria de inverno. Mas algo agora se agita de novo em meu peito, e se ouvires de repente o estampido — não te assustes, menina! Não meti uma bala na testa! É meu amor que rebenta em flor e lança--se em canções fulgurantes, em eternos ditirambos, nas harmonias mais felizes.

Mas se esse amor elevado for alto demais para ti, menina, sinta-se à vontade para subir a escada de madeira e, lá de cima, espiar o interior de meu coração em flor.

Ainda é cedo, o sol mal percorreu metade de seu caminho e meu coração já exala um perfume tão forte, que me sinto atordoado, que não sei mais onde acaba a ironia e começa o céu, que povoo o ar com meus suspiros e quero desfazer-me novamente em doces átomos, na deidade incriada — mas o que acontecerá então, quando anoitecer e as estrelas surgirem no céu, "as estrelas desditosas, que poderão te dizer...".

É primeiro de maio. Hoje até o mais miserável dos pilantras tem direito de ficar sentimental — e você quer privar o poeta desse direito?

(1824)

Henri Heine

Théophile Gautier[1]

A última vez que vi Henri Heine foi algumas semanas antes de sua morte. Eu precisava escrever uma nota breve para a reimpressão de suas obras. Jazia em sua cama, onde, no dizer dos médicos, era retido por uma leve indisposição, que, no entanto, há oito anos não permitia que ele se levantasse. Assim, tinha-se sempre a certeza de encontrá-lo em casa, como ele próprio fazia questão de observar e, contudo, a solidão ia crescendo pouco a pouco ao seu redor. A Berlioz, quando este fora lhe fazer uma visita, teria dito: "Você, vindo me ver!? Como sempre, original!". Não era que o amassem ou admirassem menos, mas a vida leva embora os corações mais fiéis, a despeito de sua vontade. Somente a mãe ou a esposa seriam capazes de não abandonar uma agonia tão persistente. Os olhos humanos não conseguem contemplar o espetáculo da dor por tanto tempo sem se desviar. Nem mesmo as deusas o suportam: as três mil Oceânides que vinham consolar Prometeu em sua cruz no Cáucaso retornavam ao anoitecer.

Logo que minha vista se acostumou à penumbra que o envolvia — pois a luz clara do dia feria sua vista já quase extinta —, percebi uma poltrona perto de sua cama de gra-

---

[1] Publicado originalmente como prefácio à edição francesa dos *Reisebilder*, de Heine, publicada em Paris em 1856. (N. do T.)

bateiro e me instalei. Com algum esforço, o poeta estendeu-me sua mão pequena, fina e macia, de um branco fosco como uma hóstia, uma mão de enfermo privada da influência do ar livre, e que não tocava nada havia anos, nem mesmo sua pena. Nunca os mais duros ossinhos da morte foram vestidos por pele mais suave, mais lisa, mais acetinada, mais polida. A febre, na falta da vida, conferia-lhe ainda algum calor, mas mesmo assim, ao seu contato, senti um leve calafrio, como se tocasse a mão de um ser que já não pertencesse à terra.

Com a outra mão, para que pudesse me enxergar, ergueu a pálpebra paralisada do olho, que lhe garantia apenas uma percepção confusa dos objetos e lhe permitia adivinhar um raio de sol como que através de uma gaze negra. Depois de trocadas algumas frases, assim que soube do motivo de minha vinda, disse-me: "Não tenha tanta pena de mim. A vinheta que saiu na *Revue des Deux Mondes*, onde me retrataram emaciado e cabisbaixo como um Cristo de Morales,[2] já comoveu demais em meu favor a sensibilidade das boas gentes. Não gosto dos retratos fiéis, quero ser pintado belo como as mulheres bonitas. Você me conheceu quando eu era jovem e viçoso; pois substitua esta efígie lastimável por minha antiga imagem".

De fato, o Henri Heine a quem eu fora apresentado em 183..., pouco tempo após sua chegada a Paris, não se assemelhava em nada àquele que, então, estava estirado diante de meus olhos, imóvel como um corpo esperando que o deitem no caixão.

Naquela época, ele era um belo homem de 35 ou 36 anos, aparentando uma saúde robusta. Olhando para sua testa alta e branca, pura como um bloco de mármore e co-

---

[2] Luis de Morales Badajoz (*c*. 1510-1586), pintor espanhol especializado em temas religiosos. (N. do T.)

berta por massas abundantes de cabelos loiros, parecia um Apolo germânico. Seus olhos azuis cintilavam de luz e de inspiração. Suas bochechas cheias e redondas, de contornos elegantes, não eram plumbeadas pela lividez romântica tão em voga naqueles tempos. Ao contrário, nelas as rosas vermelhas desabrochavam classicamente. Uma leve curvatura hebraica interferia, sem alterar-lhe a pureza, na intenção que seu nariz tivera de ser grego. Seus lábios harmoniosos, "pareados como duas belas rimas" — para nos valermos aqui de uma frase sua —, guardavam, quando calados, uma expressão graciosa; mas assim que falava, borbotavam sibilantes, de seu arco rubro, as flechas mais agudas e barbeladas, dardos de sarcasmo que jamais erravam o alvo. Nunca ninguém foi tão implacável com a estupidez humana. Ao sorriso divinal do Musageta, sempre sucedia o riso sardônico do Sátiro.

Uma ligeira corpulência pagã, que mais tarde havia de expiar numa magreza inteiramente cristã, arredondava sua figura. Não usava barba, bigode ou suíças, não fumava, não bebia cerveja e, assim como Goethe, tinha horror a essas três coisas. Era um hegeliano extremamente fervoroso. Se o repugnava crer que Deus se fizera homem, admitia, sem maiores dificuldades, que o homem se fizera Deus, e agia de acordo. Deixemos que ele fale por si mesmo e nos relate esse esplêndido inebriamento intelectual. "Eu mesmo era a lei viva da moral, eu era impecável, eu era a pureza encarnada. As Madalenas mais comprometidas eram purificadas pelas chamas de meus ardores e, entre meus braços, voltavam a ser virgens. É verdade que, vez ou outra, essas restaurações de virgindade chegavam a esgotar minhas forças sagradas. Eu era todo amor e totalmente isento de ódio. Já não me vingava mais de meus inimigos, pois não admitia inimigos em face de minha divina pessoa, mas tão somente incréus, e o mal que me faziam era um sacrilégio, assim como as injúrias que me diziam não passavam de blasfêmias. De tempos em tempos, era preciso punir tais impiedades, mas era um castigo divino que se abatia sobre o pecador, e não uma vingança movida pelo rancor humano. Tampouco reconhecia amigos, mas sim fiéis, crentes, e eu lhes fazia muito bem. Era enorme o custo de representação de um Deus que não sabia ser parcimonioso e que não controlava nem seu bolso nem seu corpo. Para dar conta desse trabalho magnífico é preciso, antes de mais nada, ser dotado de muito dinheiro e de muita saúde. Ora, numa certa manhã do final do mês de fevereiro de 1848,[3] essas duas coisas resolveram me abandonar de vez, e minha divindade foi abalada de tal modo, que tombou miseravelmente."

Vi Heine com frequência durante esse período divino; era um deus cheio de charme — malicioso como um diabo — e sempre muito bondoso, independentemente do que pudessem dizer. Que ele me considerasse seu amigo ou seu crente, pouco me importava, desde que eu pudesse desfrutar de suas conversas brilhantes; pois se ele esbanjava dinheiro e saúde, era ainda mais pródigo de espírito. Embora falasse francês muito bem, às vezes se divertia revestindo seus sarcasmos com um forte sotaque tudesco, que, para ser reproduzido, exigia aquelas mesmas onomatopeias estranhas com as quais Balzac figura, em sua *Comédia humana*, as frases barrocas do barão de Nucingen. O efeito cômico era então irresistível: parecia Aristófanes falando à maneira de um Eulenspiegel.

A seu lirismo misturava-se uma espécie de força alegre, e se o luar alemão prateava uma das faces de sua fisionomia, o sol gaio da França dourava a outra. Nenhum outro escritor teve, ao mesmo tempo, tanta poesia e tanta espirituosidade — duas coisas que costumam destruir uma à outra.

---

[3] Referência à data em que Heine cai enfermo e a partir da qual ficaria acamado até a sua morte, em 1856. (N. do T.)

Quanto à sensibilidade vigorosa que constitui o charme do *Intermezzo*, do *Tambor Legrand*, dos *Banhos de Lucca* e de tantas páginas dos *Reisebilder*, no dia a dia ele a reservava para si com um pudor adorável, e sabia conter a tempo, com uma palavra certeira, a lágrima que estava prestes a cair. Embora não tivesse qualquer pretensão de dandismo, vestia-se com mais apuro do que é comum entre os literatos, nos quais certa negligência sempre acaba comprometendo as veleidades de luxo. Os diversos lugares em que morou não tinham nada do que hoje é chamado de estilo artístico, ou seja, não eram abarrotados de móveis esculpidos, desenhos, estatuetas e outras curiosidades de bricabraque; ao contrário, apresentavam uma comodidade burguesa em que a vontade de evitar o excêntrico parecia manifesta. O único objeto de arte que me lembro de ter visto em sua casa era um belo retrato de mulher, pintado por Laëmlein, representando aquela Julieta de que o poeta fala logo no início de seu *Atta Troll*.

Para reforçar sua divindade, que às vezes titubeava, Henri Heine ia passar a temporada de banhos em Cauteretz, onde compôs aquele poema singular que tem um urso por herói, misturando à poesia mais ideal os mais grotescos caprichos. Eu o perdi então de vista por algum tempo.

Certa manhã, vieram me dizer que um estrangeiro, cujo nome desfigurado pelo empregado eu não pude compreender, desejava falar comigo. Desci até o cômodo em que recebia as visitas e encontrei um homem muito magro, com um rosto que lembrava os retratos de Géricault e uma barba pontiaguda e fúlvida, da qual já despontava um sem número de fios prateados. Tentei buscar na lembrança quem podia ser aquele hóspede matinal, que me tratava pelo primeiro nome e me estendia a mão com a cordialidade sincera de um velho amigo — simplesmente não conseguia atribuir um nome àquela figura tão mudada. Mas depois de alguns minutos de conversa, assim que flagrei um traço de espírito do desconhecido, gritei comigo mesmo: "É o diabo ou é Heine!". De fato, era Heine; um deus feito homem. Alguns meses mais tarde, Henri Heine caiu de cama para dela nunca mais sair. Por oito anos ficou pregado à cruz da paralisia pelos pregos do sofrimento. Durante esse longo período de agonia, deu-se o fenômeno da alma que vive sem corpo, do espírito que começa a deixar a matéria. A doença o havia debilitado, extenuado, dissecado a seu bel-prazer e, com a paciência minuciosa de um artista da Idade Média, talhava agora, na estátua do deus grego, um Cristo descarnado até o osso, deixando à mostra seus nervos, seus tendões, suas veias. Mas mesmo espoliado daquele jeito, ele ainda parecia belo; e logo que levantava a pálpebra pesada, uma faísca saltava de sua pupila quase cega. O gênio ressuscitava seu semblante moribundo e Lázaro saía por alguns minutos de sua caverna. Esse espectro que, em sua mortalha, parecia uma efígie fúnebre deitada sobre um monumento, encontrava ainda uma voz para conversar, para rir, para lançar suas ironias espirituosas, para ditar páginas encantadoras, para lançar no ar estrofes aladas e, nos dias em que a pedra de sua tumba machucava mais duramente seus rins, para gemer lamentações tão tristes quanto as de Jó em seu martírio. Seus amigos deveriam se alegrar com a ideia de que essa tortura tão atroz tivesse um fim e que o algoz invisível desferisse finalmente o golpe de misericórdia no pobre supliciado; mas pensar que, daquele cérebro luminoso, pleno de lampejos e ideias, de onde as imagens costumavam sair zumbindo como abelhas de ouro, não resta hoje mais que um pouco de massa cinzenta, é uma dor que não se aceita sem revolta. É verdade que ele fora pregado vivo em seu caixão; aproximando o ouvido, porém, ouvia-se a poesia cantar sob o véu negro. Que desgosto ver um desses microcosmos mais vastos que todo o universo, contido apenas pela calota estreita de um crânio, assim despedaçado, perdido, aniquilado. Que lentas combinações da natureza não serão necessárias até que se forme outra cabeça como esta!

Henri Heine nasceu no dia 1º de janeiro de 1801;[4] daí ele dizer, sempre rindo, que era o primeiro homem do século. Töpffer[5] observa o inconveniente que há, à medida que envelhecemos, em sermos da mesma safra que nosso século, pois assim somos eternamente advertidos de nossa idade e ficamos com a sensação de sermos arrastados junto com os anos. Heine abandonaria seu companheiro de safra na quinquagésima sexta estação.

Fazia um tempo frio, nublado, brumoso; a hora indicada para o sepultamento era matinal. Alguns poucos amigos e admiradores passeavam em frente à casa mortuária, esperando que tivesse início o cortejo em direção ao cemitério. O poeta havia proibido qualquer pompa e cerimônia; há muito tempo ele se via como morto e queria que o pouco que restara dele fosse levado silenciosamente daquele quarto, que ele só deixaria a caminho do túmulo. Olhar para aquele caixão tão largo, tão longo, tão lúgubre,[6] onde o cadáver adelgaçado vinha deitado mais à vontade que em sua própria cama, fez lembrar-nos involuntariamente de uma passagem final do *Intermezzo*: "Vai buscar-me um caixão de tábuas firmes e espessas; e que sejam mais longas que a ponte de Mainz. Vai buscar-me também uma dúzia de gigantes, mais fortes que o São Cristóvão da Catedral de Colônia. E que eles carreguem o caixão e atirem-no ao mar; um caixão tão gran-

---

[4] Heine nasceu, na verdade, em 13 de dezembro de 1797. (N. do T.)

[5] Rodolphe Töpffer (1799-1846), professor suíço, escritor, pintor, cartunista e caricaturista, mais conhecido por seus livros ilustrados, considerados por alguns como os primeiros quadrinhos europeus. (N. do T.)

[6] Em francês, *lourd* (pesado). A opção por "lúgubre", aqui, recompõe a imagem fônica do fechamento vocálico (largo, longo, lúgubre) que corrobora, nesse plano, a ambiência da cena descrita. (N. do T.)

de assim pede uma cova igualmente grande. Sabe por que um caixão tão grande e tão pesado? É para enterrar com ele todo o meu amor e todo meu sofrer".[7]

A verdade é que o caixão não era tão grande, tampouco foi lançado ao mar; foi simplesmente enterrado em uma cova provisória, na presença de um pequeno contingente de poetas e artistas franceses ou alemães, que ali se dispunham respeitosamente, sabendo que assistiam ao funeral de um rei do espírito, embora não houvesse nem longo cortejo, nem música fúnebre, nem tambores abafados, nem pano preto constelado de Ordens, nem discursos enfáticos, nem tripés coroados de chamas verdes. Cerrada a lápide, cada um de nós desceu a triste colina em seu caminho de volta e se perdeu de novo no imenso formigueiro da vida humana.

Poucos poetas nos emocionaram e nos transtornaram tanto como Heine. Nós [franceses] não sabemos alemão, é verdade, e só o pudemos admirar através das traduções. Mas que homem não terá sido este que, mesmo desprovido de ritmo, de rima, do arranjo feliz de suas palavras, enfim, de tudo isso que constitui o estilo, ainda assim produziu efeitos tão mágicos! Heine é o maior lírico da Alemanha, e se coloca naturalmente ao lado de Goethe e de Schiller; assim ele nos parece, por mais que a poesia traduzida em prosa não passe de um luar empalhado, como ele mesmo dizia.

Jamais a natureza humana foi composta de elementos tão diversos como no caso de Heine. Ele era, a um só tempo, alegre e triste, cético e crédulo, terno e cruel, sentimental e sardônico, clássico e romântico, alemão e francês, delicado e cínico, cheio de entusiasmo, mas também de sangue-frio; ele era tudo, menos enfadonho. À plástica grega mais pura ele

---

[7] Versão para o português da tradução francesa, em prosa livre, do texto de Gautier. São as três últimas estrofes do poema final (nº 65, "Die alten, bösen Lieder") do ciclo *Lyrisches Intermezzo*, de Heine. (N. do T.)

unia o senso moderno mais refinado; era um verdadeiro Eufórion, filho de Fausto e da bela Helena.

Este não é o lugar para fazer uma apreciação de sua obra, que há de falar por si mesma, mas podemos ao menos transmitir uma impressão. Quando alguém abre um livro de Heine, tem a sensação de estar entrando em um daqueles jardins que ele adora descrever. As esfinges de mármore da escadaria afiam suas garras nos cantos dos pedestais e nos olham do fundo de seus olhos brancos com uma intensidade inquietante; um calafrio corre seu corpo leonino, sua garganta de mulher palpita como se um coração batesse sob os contornos rígidos; as portas gemem ao girarem no encaixe de seus engonços enferrujados e temos a impressão de ver uma dobra de vestido desaparecer sob um arco de abóbada, como se a alma da solidão fugisse, surpresa com nossa aproximação. O musgo, a ortiga e a bardana crescem por entre os vãos dos ladrilhos desconjuntados do terraço; o caramanchão mal podado nos retém ao passarmos por seus ramos, suplicando-nos para não seguirmos adiante. As rosas parecem sangrar em meio aos espinhos, e as gotas de chuva, suspensas sobre suas pétalas, brilham como lágrimas. O restante das flores, sufocadas pelas ervas daninhas, solta um perfume estranho, que asfixia e causa vertigem. Na fonte, a água negra apodrece sob as lentilhas verdes, e a Náiade mutilada tem o nariz chato como a face pálida da Morte. O sapo saltita por entre os canteiros e vai correndo contar à sua tia, a víbora, sobre nossa chegada. Enquanto isso, o vento suspira suas elegias e o rouxinol canta os desencantos de seus amores perdidos; na janela do solar decadente surge então uma jovem loira no frescor da idade, encerrada em seu vestido de seda tal qual uma daquelas belas holandesas que Gaspard Netscher[8] gosta de pintar cercadas de pedras e heras; ela é

---

[8] Pintor holandês (1639-1684) famoso por seus retratos. (N. do T.)

charmosa, mas não tem coração, e no fundo de seu peito se condensa uma pequena geleira. Ela jamais falhará conosco; para quem tem nervos e alma, porém, mais valeria apaixonar-se por uma daquelas mulheres que trazem o vício pintado em vermelho na face. Aquela só nos fará morrer, infligindo-nos mil suplícios inocentemente diabólicos; e no dia do juízo final, preferiremos não ressuscitar, de tanto medo de revê-la!

Isto Heine tem em comum com Goethe: ambos souberam criar mulheres de verdade. Um só toque lhe basta para que uma figura se desenhe viva e completa. Que encantos enganosos, que langor pérfido, que riso de hiena, que lágrimas de crocodilo, que frieza ardorosa, que chama glacial, que faceirice felina! Nunca um poeta esfregou tão bem a ponta da cauda do dragão no canto de um lábio rosa. E com que convicção ele fala de Lusignan, o amante de Melusina:[9] "Feliz do homem cuja amante só é metade serpente!".

Se Heine soube esculpir, no mármore mais brilhante de Paros, estátuas de deuses gregos e baixos-relevos das bacanálias, fazendo-os tão puros de forma como fizeram os antigos, soube também recontar as lendas católicas e cavaleirescas da Idade Média ao menos tão bem quanto o fizeram Uhland e Tieck. Ele tira da maravilhosa trompa de caça de Achim von Arnim e de Brentano fanfarras que fazem estremecer os cervos na floresta mais funda e desabar as pontes-levadiças dos castelos feudais. Quando se lança sobre seu corcel, roça sua bota na saia armorial da castelã em caça; e ninguém há de manejar a lança com mais graça do que ele.

Nossos costumes literários, em geral muito suavizados, podem nos levar a julgar como extremamente cruéis algumas das sentenças de Heinrich Heine; ele é implacável com os

---

[9] Lusignan e Melusina, personagens do romance de Jean d'Arras, *La Noble Histoire de Lusignan*, de 1393. (N. do T.)

maus poetas. Mas Apolo não terá o direito de escalpelar Mársias? A mão que porta a lira de ouro empunha também a faca para esfolar o sátiro grosseiro. Terminemos com esta página do *Livro de Lázaro*; ela dará uma ideia do estilo do poeta, que agora já sabe como se posicionar diante de tão terrível questão.

A pobre alma diz ao corpo: "Não vou te abandonar, vou ficar contigo; contigo quero me afundar na noite e na morte, contigo quero beber do nada. Você sempre foi meu segundo eu; você me envolvia amorosamente como uma veste de cetim delicadamente forrada de arminho. Mas, ai de mim! Agora, completamente desnuda, completamente despojada de meu caro corpo, um ser puramente abstrato, tenho de ir, errar lá no alto como um nada bem-aventurado, no reino de luz, naqueles espaços frios do céu, onde as eternidades silenciosas me olharão enquanto bocejam. Elas se arrastam por lá, cheias de tédio, fazendo um barulho insípido com suas pantufas de chumbo! Ó, como é medonho! Ó, fica comigo, meu corpo amado!".

O corpo diz à pobre alma: "Ó, consola-te, não te aflijas assim. Devemos aceitar em paz a sorte que o destino nos reservou. Eu era o pavio da lâmpada, é preciso que eu me consuma. Você, o espírito, você será escolhido para brilhar lá em cima, tal qual uma estrela pequenina da mais pura claridade. Já eu, não sou mais que um farrapo. Não sou mais que matéria: consumido em vão, é preciso agora que eu me esvaneça e que volte a ser aquilo que era: um pouco de cinza. Adeus, então, e consola-te! Talvez, aliás, esse céu ainda seja mais divertido do que você pensa. E se você encontrar a Ursa Maior no dossel de estrelas, mande-lhe mil lembranças de minha parte".

A viagem e a literatura

Sandra M. Stroparo

> Mais les vrais voyageurs sont ceux-là seuls qui partent
> Pour partir; coeurs légers, semblables aux ballons,
> De leur fatalité jamais ils ne s'écartent,
> Et, sans savoir pourquoi, disent toujours: Allons!
>
> Baudelaire, "Le voyage"[1]

Nomadismo e sedentarismo são faces opostas da mesma moeda. Michel Onfray, em seu *Théorie du voyage*, mostra que, atavicamente, estamos divididos entre o agricultor e o pastor, o trabalho ligado à terra e o trabalho ligado ao movimento. Caim e Abel...

E qual foi a pena de Caim, o agricultor "sedentário", depois de matar seu irmão, o pastor "nômade"? Errar, errar pela Terra. Como pena ou não, a errância parece fazer parte do que somos. A literatura, melhor porta-voz da natureza humana, não deixaria de falar dela, ou melhor, de fazer dela uma parte de si mesma.

A experiência de Heine no Harz é um exemplo disso. A paisagem vista pelo viajante narrador apresenta matizes variados e curiosos. Seus olhos e seu texto não recusam o estranho, mas é do banal, transformado em particularidade,

---

[1] Charles Baudelaire, em *As flores do mal*. Em tradução literal: "Mas os verdadeiros viajantes são só aqueles que partem/ Por partir; corações leves como os balões,/ De seu destino eles nunca se esquivam,/ E, sem saber por quê, dizem sempre: Adiante!".

que ele faz seu melhor: o olhar do viajante estrangeiro é curioso, algo permissivo e, nesse caso, tem um acento moderno, profundamente irônico.

A TEORIA

A existência de uma literatura de viagem nos remete aos princípios da história literária. Certamente não é um exagero considerarmos que os primeiros grandes livros que nos definiram e que definiram a literatura ocidental foram a *Ilíada* e a *Odisseia*. Se a guerra é, portanto, um dos elementos inseparáveis dessas referências, a viagem de Ulisses talvez nos redima das mortes de Aquiles e Heitor. "Aquele de muitos ardis" demorou dez anos para voltar para casa (pobre Penélope!), mas fez dessa longa viagem sua história particular, seu crescimento como homem, a trajetória de um herói definitivo para o Ocidente: Aquiles e Heitor foram fortes e valentes, mas a guerra os destruiu. Ulisses sobreviveu e viajou e contou histórias alheias e viveu as suas próprias.

Ulisses é o homem que todos queremos ser: os estudos de narrativa o consideram o primeiro homem moderno, o primeiro a ser mais parecido conosco. Viajar parecia fazer parte de suas necessidades mas também do que ele era, do que nós somos... O ato de viajar é constituidor do nosso conhecimento do mundo e, portanto, arriscamos dizer, do que significa ser humano.

Para nossos tempos urbanos e acomodados, em que o mundo está ao alcance do teclado, a necessidade da viagem como elemento intrínseco à formação e à cultura pode parecer exagero, mas a atividade acadêmica relativa ao assunto ainda parece concordar com essa suposição. Nos últimos anos, mais particularmente desde a metade dos anos 1990, a "viagem" encontrou sua condição definitiva como tema crítico-literário específico, dando a esses textos o status de *mode*, de "modo literário", ou mesmo de gênero (estendendo, claro, sobremaneira, a clássica definição aristotélica). A recente história crítica não limita, no entanto, o alcance do *corpus*, e a abrangência e extensão de obras que podem ser estudadas segundo essa perspectiva é bastante considerável, e considerável e variada o suficiente para criar subdivisões e subdefinições que especifiquem — ou compliquem — um pouco mais a visada crítica.

A natureza das narrativas de viagem possibilita essa segmentação em textos que vão da abordagem turística mais individual à exploração filosófica que os deslocamentos, reais ou imaginários, podem suscitar; e, assim, descobrir uma série de abordagens diferentes permitidas pela própria amplitude de motivações e resultados dessas viagens transformadas em texto literário ou científico. As motivações, para viagens reais ou imaginárias, estão classicamente relacionadas à necessidade de saber, de conhecer. Daí as viagens estarem quase sempre na origem de boa parte dos estudos científicos, da botânica à antropologia, da teoria da evolução à astronomia, assim como dos relatos de formação pessoal e compreensão mais íntima do "eu".

Mas, se conhecer sua terra e a si próprio é razão suficiente para grande parte das viagens, a religiosidade está também na raiz de muitas outras. Na verdade, os *Travel Studies* registram o anseio de descobertas e a peregrinação religiosa como os dois principais motivos geradores de deslocamentos. Nesse contexto, mesmo se pudermos considerar a busca religiosa como um dos meios de descoberta individual, ambas parecem resumir as razões gerais que levaram os homens a desistir da imobilidade, ainda que temporariamente, e engajar-se num nomadismo muitas vezes temerário e desafiador, ainda quando guardasse uma promessa de recompensa para os que atingissem seu fim: conhecimento, poder e riquezas, respostas oraculares ou indulgência para uma vida de pecados.

A literatura, claro, registrou tudo isso, e das mais diversas maneiras. E uma das questões interessantes nos estudos da literatura de viagens é justamente a variedade de gêneros de que esse modo literário se apossa. Qualquer gênero é capaz de abrigar as características que podem defini-lo como "texto de viagem", o que acaba por configurar antes um grande tema que um estilo propriamente dito.

Assim, quando os Estudos de Viagem começaram a se organizar como área no mundo universitário americano, a partir dos anos 1980, eles inicialmente seguiram, substituíram o que antes era apenas uma rubrica bibliográfica: *travel, treatment of*.[2] A variedade de textos era bastante grande, o que já justificaria uma revisão da classificação, mas a verdade é que os *Cultural Studies*, e mais especialmente os estudos pós-coloniais, também precisavam legitimar uma série de textos de que necessitavam para formar uma base mais rica para seu trabalho, e os textos de viagem são uma fonte especialmente fértil para suas pesquisas. Ao mesmo tempo, recentes modelos teóricos, especialmente franceses, tais como os estudos semióticos, a desconstrução e principalmente a análise do discurso, instrumentaram os estudiosos para a leitura de textos menos tradicionais na história dos estudos literários. Dessa forma, o que houve foi um considerável crescimento do número de textos passíveis de serem classificados como "de viagem", bem como novas possibilidades de leitura para aqueles que já eram tradicionalmente considerados assim.

Mas essa é a parte divertida. Assim como as viagens reais são sempre variadas e únicas, os textos também podem

---

[2] Mary Baine Campbell, "Travel Writing and its Theory", em Peter Hulme e Tim Youngs, *Travel Writing*, Cambridge, Cambridge University Press, 2002.

sê-lo, sem nenhum prejuízo para o tema e seu pertencimento a essa suposta nomenclatura.

De Ulisses ao Quixote, chegando à viagem dentro do quarto de Xavier de Maistre, e mesmo ao típico modelo pós--moderno de Jonathan Safran Foer e seu herói que viaja para encontrar sua tradição e história familiar em *Everything is Illuminated*, a viagem é mote e meio para que a narrativa se faça. Ao mesmo tempo, como um olhar sobre o desconhecido, a narrativa fantástica estendeu os limites do tempo e das invenções científicas, como em *A máquina do tempo*, de H. G. Wells, e em *Viagem ao centro da Terra*, *Volta ao mundo em 80 dias* e *20.000 léguas submarinas*, de Júlio Verne. E, ainda, a viagem como alegoria em *Viagem ao fim da noite*, de Céline, e a viagem como alegoria de autodescoberta em *A viagem*, de Virginia Woolf... O fantástico e o desconhecido das *Viagens de Marco Polo* e sua autoria sempre discutível, assim como as viagens, todas, ao Novo Mundo. Os registros e as opções são muitos, e muito variados.

E talvez ainda possamos arriscar uma afirmação, generalizante mas no mínimo instigante, e de fato confirmada pelos estudos de narrativas, de Campbell a Kellogg e Scholes: a viagem é um dos temas clássicos da literatura. Ao lado do amor, da guerra, da religião, a viagem como fim e começo de um crescimento, *Bildung*, meio e obstáculo ao graal que qualquer narrativa promete.

A VIAGEM MODERNA

Considerando a história da literatura, há uma linhagem muitas vezes reconhecida como excêntrica e eventualmente humorística à qual a literatura de viagem parece estar ligada. Especialmente a partir do século XVIII.

A *Viagem sentimental* (1768), de Sterne, último livro do

autor, é vista às vezes como um epílogo para seu *Tristram Shandy*. Admirado por Xavier de Maistre e por Goethe, Sterne foi fundamental para o estabelecimento do gênero. Recriação ficcionalizada da viagem que o próprio Sterne fez à Itália e à França, a *Viagem sentimental* se tornou importante porque foi o primeiro livro de peso em que os cenários de uma viagem são razão e pano de fundo para o desenvolvimento de reflexões e comentários sobre aspectos mais subjetivos da vida e da relação do homem com o mundo, ainda que ele também possa fazer parte de uma tradição de textos algo excêntricos e humorísticos que remontam, minimamente, ao *Journal de voyage* de Montaigne pela Itália...

O que importa é que é desse referencial reflexivo que os autores dos períodos seguintes se servirão. Alguns farão disso uma narrativa subjetiva de inspiração romântica. Em sua *Viagem à Itália*, Goethe, muito secretamente, seguia os passos do pai em uma viagem de juventude: mas foi a viagem do filho que praticamente inaugurou o gênero dos textos de experiência exploratória e auto-exploratória. O aspecto de crescimento pessoal, as elucubrações filosóficas e as reflexões profundas sobre o homem e o mundo motivadas pelos mais simples atos e visões do "estranho", do "novo", do diferente, acabaram por se tornar a verdadeira "viagem" do texto. Goethe parece encontrar nobreza em quase tudo que vê, ou, antes, atribuir nobreza a tudo o que descreve.

"Quem nunca se viu rodeado por nada além do mar ainda não faz ideia do que seja o mundo e sua relação com ele. Como a um pintor de paisagens, essa simples, mas imensa linha do horizonte, me deu ideias completamente novas."[3] Entre a bota e a ilha da Sicília, Goethe se vê cercado de água, e permite que esse fato detone em si mesmo e em sua narra-

---

[3] J. W. von Goethe, *Italienische Reise — Teil 1* (tradução de Mauricio Mendonça Cardozo).

tiva um processo reflexivo particular, que nada tem a ver com observações de caráter turístico ou meros relatos sobre o exotismo da paisagem, por exemplo.

Quanto a isso, aliás, podemos perguntar por que, estando em Assis, Goethe não visita a grande basílica, onde estão os afrescos de Giotto e os mosaicos de Cimabue, restringindo-se a igrejas menores. Florença, outro exemplo importante, é visitada muito rapidamente. Nesse sentido, a viagem do autor alemão é quase antiturística, ou ao menos anticonvencional. Trata-se de uma experiência, de um laboratório pessoal em que o escritor estuda o mundo e a si próprio, testa seu próprio texto e sua capacidade de pensar e escrever sobre novos temas, sensações e sentimentos pessoais, estendidos por sua vez a observações de caráter abrangente e humano. Curioso ainda o fato de que a viagem de Goethe tenha durado em torno de dois anos, mas que de fato só tenhamos notícias sobre o primeiro. Do segundo ano, passado aparentemente em Veneza, o autor não falou... É como se a viagem propriamente dita o tivesse afinal absorvido por completo, aquém ou além da literatura.

Outro exemplo de um livro igualmente reflexivo — mas também classificado entre os excêntricos e humorísticos —, e que se utiliza do mote da viagem, é *Viagem em volta do meu quarto* (1794) e sua continuação, a *Expedição noturna em volta do meu quarto* (1825). Xavier de Maistre apresentou ali uma inclinação mais irônica, numa criação curiosa que conseguiu unir a subjetividade a uma aguda visada crítica sobre seu tempo. O próprio mote da viagem é posto em xeque: na prisão (onde estava, aliás, o autor), o protagonista-narrador simula, explica e defende sua viagem impossível: "Estou certo de que todo homem sensato adotará meu sistema...".[4]

---

[4] Xavier de Maistre, *Viagem em volta do meu quarto*, tradução de Sandra M. Stroparo, São Paulo, Hedra, 2009, p. 25.

Mas o Heine que chega só agora a nossa língua parece extrair o melhor dessas obras que o precederam. A *Viagem ao Harz*, um dos *Quadros de viagem* do autor, é exemplar: a viagem é o mote, a variação de paisagens justifica o passeio pelos temas e personagens, mas é no registro dos acontecimentos, na linguagem e na abordagem escolhida que a literatura se faz. E o tom, como já foi dito, especialmente irônico, encontra o ridículo em tudo o que vê, inclusive em si mesmo e em sonhos fantasmáticos, desprovidos da razão kantiana...

De qualquer forma, é na análise mais humana, disfarçada de informação e curiosidade pelas particularidades regionais, que o livro alcança muito de sua agudeza: "Os habitantes de Göttingen são subdivididos, genericamente, em estudantes, professores, filisteus e gado; quatro classes separadas de maneira no mínimo muito rigorosa. A classe do gado é a mais importante". O registro misto de informação turística e estatística econômica gera efeitos ainda mais irônicos sobre a crítica social: o resultado final pode ser especialmente risível, mas nunca é superficial. Porque o texto não fica por aí.

O trunfo e o interesse maior da narrativa parece ser justamente o fato de que a variedade impactante que qualquer viagem pode gerar é configurada no texto de Heine também de forma complexa. Assim, se a "cidade de Göttingen, que deve sua fama às salsichas e à universidade", ou uma cidade que "tem tantas e quantas casas, vários habitantes, dentre os quais algumas almas", são vistas quase com irrisão, nem sempre sua cultura e seus habitantes — e a cultura da região — são vistos assim.

O clássico e romântico conceito do *fugere urbem* parece definir um certo método no livro, e alguns dos momentos em que ele se revela conseguem equilibrar a ironia e a crítica do restante da obra. Na atitude contemplativa da velha camponesa sobre os menores objetos de sua cozinha, Heine vai encontrar a fundamentação dos contos de fada alemães, em que além de animais e plantas os objetos ganham uma vida de "humor fantástico e gênio humano". A prosopopeia literária é pensada portanto segundo as características humanas descobertas graças à viagem, graças ao olhar do narrador estrangeiro embevecido mas profundamente consciente, ao mesmo tempo, de como a arte pode traduzir a vida. E por isso, ainda afirma, a infância se torna tão significativa em sua essência também contemplativa... O ato do menininho que conta as flores na saia antiga da avó se transforma na descrição mais doce e delicada que um autor como Heine jamais conseguiria — ou desejaria — igualar.

A viagem de Heine gerou reflexões de vários níveis e conteúdos diferentes, indo do encantamento humano à crítica mais ácida, da reflexão sobre a sociedade à reflexão sobre a literatura, num processo bastante rico que a natureza específica da narrativa de viagem pode proporcionar e pelo qual os estudos literários se interessaram particularmente.

No final dessa parte da viagem, a ironia conseguida a partir de um trecho metalinguístico não permite nem mesmo à primavera amenizar o olhar crítico sobre o mundo, mas o narrador reclama: "É primeiro de maio. Hoje até o mais miserável dos pilantras tem direito de ficar sentimental — e você quer privar o poeta desse direito?".

Não houve modernos como os grandes românticos.

Sobre o autor

Heinrich Heine nasceu em 1797, na cidade de Düsseldorf, na Alemanha, e foi batizado como Harry Heine. Embora ainda hoje haja dúvidas sobre o dia exato de seu nascimento — 13 ou 23 de dezembro de 1797, ou ainda 1º de janeiro de 1801, como ele próprio defendia, proclamando-se, com sua peculiar irreverência, o "primeiro homem do século" —, os especialistas consideram 13 de dezembro a data mais provável.

Filho de comerciantes judeus, viveu os anos de infância sob forte influência francesa, já que Düsseldorf era então ocupada pela França Napoleônica. No fim da adolescência, período em que escreveu seus primeiros poemas de amor, Heine apaixonou-se por uma prima, Amalie, filha de seu tio Salomon, um rico banqueiro, que será seu provedor por quase toda a vida.

Em 1816, mudou-se para Hamburgo, a fim de trabalhar como aprendiz no banco de seu tio. Este, porém, logo percebeu que ele tinha pouca aptidão para o ofício e, em 1819, enviou o jovem para estudar Direito na Universidade de Bonn. Lá, Heine travou contato pela primeira vez com a polêmica mais importante de seu século, a querela que opunha conservadores e liberais. Alinhando-se aos últimos, Heine foi construindo sua reputação como poeta, que se ampliaria com sua chegada a Berlim, em 1821.

Em 1825, após a criação de uma lei do governo prussiano que proibia aos judeus ocuparem postos acadêmicos, Heine, que almejava seguir a carreira universitária, converteu-se ao protestantismo e adotou o nome Christian Johann Heinrich Heine, embora isto não tenha chegado a lhe proporcionar vantagem alguma.

Heine alcançou a fama em 1826, com a publicação de seus *Reisebilder* [Quadros de viagem], em que está incluída a *Viagem ao Harz*. No ano seguinte, veio à luz seu *Buch der Lieder* [Livro das canções], famosa coletânea de poemas, muitos dos quais musicados por compositores como Schumann e Mendelssohn.

Em 1831, motivado pela revolução que ocorrera no ano anterior na França, Heine instalou-se em Paris, onde moraria até sua morte. Lá, foi acolhido de forma calorosa, travando rapidamente amizade com figuras como Gérard de Nerval (1808-1855), Hector Berlioz (1803-1869) e Théophile Gautier (1811-1872). No entanto, jamais deixou de escrever comentários para jornais acerca da situação política na Alemanha, mesmo sendo alvo constante dos censores prussianos.

Nos anos 1840, Heine produziu duas de suas obras mais conhecidas: *Deustchland, ein Wintermärchen* [Alemanha, um conto de inverno] e *Atta Troll, ein Sommernachtstraum* [Atta Troll, um sonho de uma noite de verão]. Travou ainda conhecimento com Karl Marx, com quem se corresponderia por alguns anos. Em 1848, sua saúde começou a deteriorar, e os últimos oito anos de vida Heine passaria preso a uma cama, sofrendo de uma paralisia que hoje se acredita ser devida a envenenamento por chumbo. Faleceu em Paris, em 17 de fevereiro de 1856.

Sobre o tradutor

Mauricio Mendonça Cardozo nasceu em Curitiba, em 1971. Professor de teoria da tradução, tradução literária e literatura alemã na Universidade Federal do Paraná, é autor e organizador de vários livros e artigos sobre questões teóricas e críticas da tradução literária. É também tradutor de autores como Johann Wolgang von Goethe, Heinrich Heine, Theodor Storm, Rainer Maria Rilke, Thomas Mann, Else Lasker-Schüler, e. e. cummings e Paul Celan, com destaque para as novelas *A assombrosa história do homem do cavalo branco* (2006) e *O centauro bronco* (2006), dupla tradução da obra *Der Schimmelreiter*, de Storm, a antologia de poemas *O tigre de veludo* (2007, em coautoria com Adalberto Müller e Mário Domingues), de e. e. cummings (finalista do Prêmio Jabuti de Tradução Literária, 2008), *Viagem ao Harz*, primeiro volume dos *Quadros de viagem*, de Heine (2014), a autobiografia *Poesia e verdade*, de Goethe (Prêmio Paulo Rónai de Tradução, 2018), bem como seu romance *Os sofrimentos do jovem Werther* (2021), e o livro de poemas *A rosa de ninguém* (*Die Niemandsrose*), de Paul Celan (2021).

Este livro foi composto em Sabon, pela Bracher & Malta, com CTP da New Print e impressão da Graphium em papel Pólen Soft 80 g/m² da Cia. Suzano de Papel e Celulose para a Editora 34, em outubro de 2021.